# LÉGENDES DES PEUPLES ET DES HÉROS

# LE VOYAGE D'ULYSSE

HATIER

TOMASO MONICELLI

# LE VOYAGE D'ULYSSE

traduit par
Anne-Marie Cabrini

L'édition originale de ce livre
est parue sous le titre **Il Viaggio d'Ulisse**

© 1965 by C. E. GIUNTI - BEMPORAD MARZOCCO, Firenze

© HATIER 1967, pour le texte français

ISBN 2 - 218 - **00667** - 7

*A mes enfants,
je dédie ce récit des aventures
d'un héros légendaire,
afin qu'ils apprennent à goûter
l'exaltation du risque vaincu
et la joie de dominer les sorts adverses
par le courage et la patience*

# I

Les Grecs assiègent depuis dix ans la ville de Troie pour venger l'un de leurs rois, Ménélas, dont l'épouse, la belle Hélène, a été enlevée par Pâris, fils du roi troyen Priam.
Comment Ulysse, roi de l'île grecque d'Ithaque, parvint par ruse à se rendre maître de la ville.

# dix années de guerre

Pendant dix longues années les Grecs luttèrent contre Troie, sans parvenir à escalader ses hautes murailles, à vaincre sa résistance, à y mettre le feu, à la raser au sol et à la détruire avec ses habitants.

Ces événements eurent lieu à une époque très lointaine, il y a des dizaines et des dizaines de siècles.

Cette guerre de dix ans vit tomber les plus illustres champions de l'armée grecque et de l'armée troyenne, les plus grands héros, les hommes les plus forts et les plus courageux, la fleur des deux peuples ennemis.

On ne combattait pas alors, comme aujourd'hui, avec des fusils et des canons: il n'y avait ni télégraphe, ni téléphone, ni trains, ni automobiles; les cuirassés et les avions n'existaient pas. Les guerriers luttaient au corps à corps, armés de longues lances, d'épées pointues et d'arcs; certains chefs entraient dans la mêlée sur un char tiré par deux chevaux. Le plus doué de force physique et de courage sortait vainqueur de la lutte; et lorsque le combat se faisait plus acharné, n'importe quel objet – même une pierre ou un bâton – pouvait servir à frapper l'adversaire. De sorte que la bataille se composait d'un très grand nombre de duels sanglants.

Parfois aussi, pour reposer les guerriers fatigués par cette longue campagne, on voyait se mesurer en public, mais en combat singulier, les deux principaux chefs des deux armées ennemies. Ce fut ainsi

qu'Achille, le héros des Grecs, lança un défi à Hector, le chef des Troyens.

Depuis neuf longues années déjà, la guerre se poursuivait avec des fortunes diverses ; les Grecs n'avaient pu s'emparer de la ville de Troie, et les Troyens, de leur côté, n'avaient pu rejeter les Grecs à la mer.

Achille avait un corps très robuste et une âme impitoyable. Hector était un magnifique soldat, mais il avait le cœur tendre et humain ; il chérissait ses vieux parents, le roi et la reine de Troie, son épouse Andromaque et son fils, le petit Astyanax.

La rencontre eut lieu sous les murs de Troie, en présence des deux armées ennemies; Achille attaqua avec furie, jeta Hector à bas de son char et le frappa à mort. Puis il attacha son cadavre à son char de vainqueur et il le traîna ainsi, tout souillé de poussière et de sang, le long des remparts de la ville, sous les yeux des Troyens.

Ce fut un affreux spectacle: les Troyens pleuraient la mort de leur héros et sa triste destinée, tandis que les Grecs, ivres de joie, saluaient le triomphe de leur grand champion.

Désormais le sort de Troie était écrit: cette belle et malheureuse cité allait tomber bientôt dans les mains vengeresses et avides des Grecs. La mort d'Hector privait Troie de son chef le plus expérimenté et le plus brave.

Troie devait périr dans la dixième année de la guerre. Nous verrons plus loin de quelle façon.

# le cheval de bois

La ville de Troie était ceinte de tours et de hautes murailles, entièrement fermée et gardée de tous côtés; les assauts répétés des ennemis n'avaient jamais ébranlé sa résistance. Plus d'une fois les Grecs, à l'aide de longues et solides échelles placées contre les murs, avaient tenté l'escalade: mais les défenseurs troyens les avaient toujours repoussés.

Il importait donc de briser la résistance de l'héroïque cité, non par la force, qui se révélait vaine et coûteuse, mais par la ruse.

Parmi les chefs de l'armée grecque, Ulysse, roi d'Ithaque, petite île de la Mer Ionienne, était le plus fécond en ruses et en astuces de toutes sortes. Appelé en conseil de guerre avec les autres généraux grecs, il parla ainsi:

— Il y aura bientôt dix ans que nous combattons sous les murs de Troie sans parvenir à y pénétrer. Nos plus grands héros sont morts, entre autres le magnifique Achille, honneur de la Grèce, tué par traîtrise de la main de Pâris, ce frère d'Hector, qui donna le prix de beauté à la déesse Aphrodite plutôt qu'à Athéna notre protectrice. Nos soldats fatigués, déçus, démoralisés par une guerre longue et inutile, pensent à leur patrie, à leurs maisons, à leurs familles depuis si longtemps quittées, et ils demandent à grands cris le retour. Il est donc nécessaire de détruire Troie, si nous ne voulons par rentrer chez nous avec la défaite, l'injure et la honte. Et je sais comment il faut s'y prendre pour arriver à détruire cette odieuse cité.

Et il leur dit ce qu'il fallait faire. Tous les chefs se mirent à rire et applaudirent les paroles d'Ulysse. On accepta son conseil et on s'empressa de l'exécuter.

Les opérations de la guerre furent suspendues, et les Grecs se mirent à construire, sur le rivage de la mer, un énorme cheval de bois, haut comme une tour. Les Troyens, du haut de leurs remparts, regardaient, stupéfaits, ce merveilleux travail, tout en se demandant à quoi pouvait bien servir un aussi extraordinaire ouvrage. Alors les Grecs firent courir le bruit qu'ils construisaient ce grand cheval afin de l'offrir à leurs Dieux, et d'en recevoir en retour la grâce de rentrer sains et saufs dans leur patrie, car ils en avaient assez de la guerre. Les naïfs Troyens se réjouirent – car Hector n'était plus là pour les conseiller – en apprenant que leurs ennemis renonçaient à la guerre; ils saluèrent la paix retrouvée et admirèrent, sans méfiance, les vastes proportions du cheval de bois. Ils ignoraient que la ruse d'Ulysse les vouait à la ruine et à la mort.

L'énorme construction fut enfin terminée. Les Grecs attendirent la tombée de la nuit, puis ils firent entrer dans le ventre creux du cheval une grande quantité d'hommes armés. Il y avait là, enfermés comme dans une caverne et invisibles à tous les yeux, les plus braves guerriers de l'armée grecque, ayant à leur tête le roi d'Ithaque, Ulysse, celui-là même qui avait imaginé cet ingénieux stratagème.

Cependant les autres Grecs, remontés dans leurs navires, attendaient l'aube: ostensiblement, sous les yeux ravis des Troyens, ils déployèrent leurs voiles et partirent sur la mer. Mais au lieu de se diriger vers les rives lointaines de la Grèce, ils se cachèrent dans une baie solitaire de l'île de Ténédos, située juste en face de Troie. Dans le plus grand secret et conformément au plan établi par Ulysse, ils attendirent.

Le cheval de bois avait été laissé sur le rivage. Alors les Troyens, poussant des cris de joie et s'embrassant les uns les autres, sortirent des portes de la ville: ils se réjouissaient du départ de l'ennemi qui avait, pendant dix longues années, occupé les rives troyennes. Ils s'approchèrent de la grande machine mystérieuse, afin de la voir et de l'admirer de plus près.

L'un des plus braves chefs troyens, Thymète, après avoir écouté les propos de tous, s'écria:

— Troyens, portons ce riche don des Grecs à l'intérieur de notre ville, plaçons-le dans la citadelle, et offrons-le à nos Dieux en signe de paix.

Une partie du peuple approuva la proposition de Thymète; mais d'autres chefs troyens, s'avançant à leur tour, s'y opposèrent. Et l'un d'eux conseilla:

— Je me méfie de ce cheval offert par les Grecs, et je crains qu'il ne cache quelque traîtrise. Précipitons-le au fond de la mer.

Un autre dit:

— Mettons-y le feu: qu'il soit détruit par la flamme ardente.

Un autre encore proposa:

— Trouons sa poitrine et perçons-lui le flanc. S'il renferme une traîtrise, elle sera dévoilée.

Le peuple, plein d'incertitude, était partagé entre tous ces avis différents, lorsqu'on vit arriver, venant des hauteurs de la citadelle et marchant à grands pas, un prêtre nommé Laocoon, fils de Priam et frère d'Hector et de Pâris.

— O malheureux Troyens, pauvres aveugles, s'écria-t-il de loin; voulez-vous donc croire aux dons des Grecs? Sachez que les dons des Grecs et de l'astucieux Ulysse sont des pièges. Ou bien cet

énorme cheval de bois renferme des Grecs dans ses flancs, ou bien c'est une machine infernale destinée à abattre nos murs, ou bien il recèle quelque autre embûche. Allons, mettez fin à vos vains discours et à vos réjouissances, et détruisez cet objet trompeur.

Tout en parlant, il s'était approché du cheval, écartant la foule intimidée et stupéfaite. Armé d'une lourde javeline, il la lança d'un bras vigoureux sur les flancs arrondis du monstre. Sous le choc, le cheval trembla et gémit comme s'il avait été vivant, et l'on entendit un étrange bruit métallique au fond du ventre creux.

Il se fit un grand silence: le stratagème allait être dévoilé. Soudain la foule s'écarta pour livrer passage au vénérable Priam, le roi de Troie. Déjà il prenait la parole, lorsqu'on vit arriver une petite troupe de bergers phrygiens: ils traînaient avec eux un jeune prisonnier enchaîné et le présentaient au roi pour qu'il décidât de son sort.

La foule, oubliant le cheval, les paroles de Laocoon, et le sinistre bruit du ventre frappé du coup de pique, se rangea en cercle autour

du roi et du prisonnier; tout son intérêt se portait vers ce fait nouveau.

Priam regarda le prisonnier en haillons, nu-pieds, souillé de boue, et dont le visage exprimait la terreur. Il interrogea :

— Qui es-tu ?

Le prisonnier trembla de tous ses membres et répondit :

— Je suis un Grec.

Les Troyens poussèrent des cris de rage. Mais le roi les fit taire, et il demanda de nouveau, tourné vers le prisonnier :

— Quel est ton nom ?

— Sinon.

— Sinon, que fais-tu ici ?

Le prisonnier éclata en sanglots, et dit parmi ses larmes :

— Je suis un Grec, un soldat de l'armée grecque qui vient de quitter ces lieux. Je ne demande qu'une faveur, ô illustre roi de Troie, c'est que tu consentes à m'écouter.

— Parle ! dit le roi.

— Je t'obéirai, grand roi, répondit le Grec, et il poursuivit : — Avant de déployer les voiles pour retourner dans leur patrie, les Grecs voulurent s'assurer la protection des Dieux pendant le long trajet sur mer, et jugeant insuffisants les vœux et les prières, ils décidèrent de leur offrir le corps florissant d'un jeune homme. Je fus choisi comme victime, et les chefs m'apprirent que j'allais être tué et sacrifié à nos Dieux qui en échange accorderaient leur protection à l'armée grecque sur les routes périlleuses de la mer. Je pleurai et suppliai, mais en vain. J'attendis alors la nuit et je m'évadai du camp grec : je trouvai refuge dans un marécage. Du fond de ma cachette je vis partir les navires de la Grèce, en route vers notre patrie où mes enfants et mon vieux père m'attendront en vain. Lorsque le jour fut tout à fait venu et que je vis disparaître à l'horizon l'armée de mes bourreaux, je me rendis chez ces bergers. Me voici maintenant à tes pieds, roi de Troie : aie pitié de moi et de mes malheurs.

Ce triste récit et les pleurs de l'infortuné émurent le roi et la foule des Troyens. On le libéra de ses chaînes. Et le bon roi, lui parlant avec douceur, lui dit :

— Puisque tu es Grec, tu dois savoir dans quel but fut construit ce cheval de grandeur démesurée. Est-ce une embûche contre nous, est-ce une offrande aux Dieux ? Si tu nous dis la vérité, je te comblerai de dons, et, Grec ou non Grec, désormais tu seras des nôtres.

Le faux prisonnier – envoyé là par Ulysse pour faciliter la réussite de son stratagème – leva un bras vers le ciel et s'écria :

— Roi de Troie, je te jure par les Dieux que ce cheval de bois ne renferme aucun piège. C'est une offrande sacrée, l'accomplissement d'un vœu destiné à calmer la colère des Dieux, à tourner en bien le triste résultat de cette guerre. Tôt ou tard, les Grecs vous referont la guerre: si vous détruisez ce cheval, vous offenserez les Dieux et vous serez vaincus; si, au contraire, vous le placez tout en haut de votre citadelle, dans l'enceinte de votre ville, les Dieux seront contents de vous et vous vaincrez demain comme vous avez vaincu aujourd'hui.

Ému par ces paroles mensongères, le peuple troyen se mit à supplier son roi:

— Illustre Priam, notre chef, permets que le cheval des Grecs soit introduit dans nos murs et placé dans la citadelle, afin qu'il nous protège. Permets-le, grand roi, permets-le!

Le prêtre Laocoon se jeta entre le peuple et le roi:

— Non! cria-t-il. — Non, Priam mon père, ne le permets pas! Ce serait la ruine de Troie!

Mais une horrible mort devait étouffer la voix de l'homme sage qui prévoyait la ruse d'Ulysse, et la fin de Troie. Deux monstrueux serpents apparurent sur les eaux de la mer, du côté de Ténédos. Terribles à voir, ils montèrent avec une extrême rapidité sur la plage, se dirigeant vers Laocoon. Ils se jetèrent d'abord sur les deux jeunes enfants du prêtre et les broyèrent dans leurs anneaux. Ils saisirent ensuite Laocoon lui-même, venu au secours de ses fils, et l'enlacèrent de leurs nœuds; poussant un rugissement de douleur, il mourut étouffé.

Cette vue remplit d'épouvante les Troyens. Ils se dispersèrent çà et là en criant de toutes leurs forces:

— Apaisons la colère des Dieux! Ouvrons nos portes au cheval des Grecs!

# l'incendie de Troie

Le stratagème d'Ulysse obtint le résultat escompté. Après la mort de Laocoon, le roi et le peuple décidèrent de placer le cheval des Grecs dans la citadelle de Troie. L'horrible fin du malheureux prêtre, qui avait conseillé la destruction du cheval de bois, avait, en effet, paru un avertissement du ciel, un châtiment des Dieux, irrités par les paroles et les conseils de Laocoon.

Les vastes proportions du cheval et son poids énorme rendaient nécessaire le concours de tout le peuple troyen: hommes, femmes, vieillards, jeunes filles, enfants. On glissa de larges roues sous les pieds du mystérieux cheval, de solides cordages furent attachés à son cou et l'on put ainsi le conduire vers la ville.

Mais on s'aperçut alors que le cheval ne pouvait entrer à l'intérieur des murs: il était plus grand que la plus grande porte. Que faire?

Le peuple cessa de tirer sur les cordages, le cheval s'arrêta. Et de nouveau, à cet arrêt soudain, résonna au plus profond de ses flancs un étrange bruit d'armes. Infortunés Troyens! Ils n'entendirent pas ce bruit qui eût dû éveiller leurs soupçons et leur révéler la ruse tramée contre eux. Ils n'entendirent que les trompettes des hérauts du roi, qui convoquaient les chefs troyens afin de délibérer sur les mesures à prendre.

Le roi disait:

— Peuple troyen, le cheval laissé par les Grecs ne peut passer par les portes de la ville. Il faut abattre un large pan de muraille.

Le peuple obéit, se munit de pics et de haches, et fit une très large brèche dans les murs de Troie. Puis il saisit de nouveau les câbles et se remit à tirer le cheval qui parvint, non sans peine, à franchir l'enceinte de la ville: il entra dans Troie, et avec lui entrèrent dans la malheureuse cité la trahison et la mort.

Dans le ventre du cheval monstrueux, Ulysse, le roi d'Ithaque, et les autres Grecs, tous armés jusqu'aux dents, réprimèrent à grand-peine un cri de joie. Ils étaient enfin parvenus à pénétrer dans la ville abhorrée de Troie, et ils y avaient été conduits par les Troyens eux-mêmes! Immobiles et silencieux, ils étreignirent avec force leurs longues lances; ils avaient hâte de sortir de leur cachette, de combattre, de tuer.

Le cheval cependant, tiré et poussé, gravissait péniblement le chemin de la citadelle. Désormais sa masse géante pouvait être vue de tous les quartiers de la ville et pouvait même être aperçue à plusieurs lieues à la ronde. Le cheval de bois fut placé tout en haut de la citadelle, au point le plus élevé de Troie; puis le roi et le peuple s'éloignèrent, car déjà le soir tombait et répandait ses lourdes ombres. Tous se réjouissaient d'avoir mené à bien cette tâche: ils avaient hâte de rentrer chez eux et d'oublier leurs fatigues dans un tranquille sommeil.

Il y avait pourtant quelqu'un à Troie qui ne partageait pas la joie générale: c'était la propre fille du roi, et sœur de Laocoon, une très belle jeune femme du nom de Cassandre. Quand elle vit le cheval de bois sur la haute citadelle, elle éclata en sanglots; pleurant et se lamentant, s'arrachant les cheveux, élevant vers le ciel des mains suppliantes, elle criait:

— Ah! Troyens fous et aveugles, qui avez fait entrer à l'intérieur de vos murs la trahison, la ruine et la mort! Prenez ce monstrueux objet, jetez-le du haut de la citadelle et qu'il se brise en mille morceaux! Faites ce que je vous dis: sinon ce jour sera le dernier de Troie.

La fille du roi avait reçu des Dieux le don de lire l'avenir, mais personne ne crut à ses paroles. Et dans la nuit qui suivit cette journée, on vit s'accomplir le destin.

En effet, de l'île de Ténédos, où jusqu'alors elle s'était tenue cachée, l'armée grecque prit la mer, se dirigeant vers Troie. Il faisait nuit noire: la ville dormait. Les Grecs, arrivés près du rivage, firent un signal convenu en allumant un grand feu. Ce signal fut aperçu par Sinon, ce prisonnier grec que le bon roi Priam avait interrogé et libéré, et qui se tenait maintenant dans la haute citadelle de Troie. Il s'approcha du grand cheval, ouvrit son ventre de bois et dit aux hommes de guerre enfermés qu'il était temps de sortir.

Le roi d'Ithaque, Ulysse, sortit le premier; il fut suivi de Thessandre, de Sthénélus, d'Acamas, de Thoas, de Machaon, de Pyrrhus, de Ménélas, d'Épéus, et de beaucoup d'autres: tous étaient des hommes à l'aspect terrible, de redoutables guerriers. Les Troyens, inconscients du danger, étaient plongés dans un profond sommeil Les Grecs, sortis du ventre du cheval, descendirent de la citadelle, se jetèrent sur les Troyens endormis, les tuèrent dans leurs lits, et mirent le feu aux maisons. Bientôt, toute une partie de Troie fut la proie des flammes. Alors les Grecs coururent aux murs, massacrèrent les gardes, ouvrirent les portes de la ville à l'armée grecque, qui, ayant quitté ses navires, était maintenant tout près de Troie: elle y fit irruption avec des cris sauvages.

Le peuple troyen, brusquement tiré de son sommeil par le tu-

multe et par les flammes, par les cris des envahisseurs et par ceux des mourants, se mit immédiatement debout, prêt à la lutte. La mêlée fut terrible dans les rues, les temples, les palais et les maisons. Les plus braves des Troyens, Énée entre autres, firent des prodiges de valeur. On put croire, à un certain moment, que les défenseurs parviendraient à vaincre et à repousser l'attaque.

Pour induire en erreur les Grecs qui surgissaient de tous côtés, comme s'ils sortaient du sol, les Troyens avaient revêtu les armes enlevées aux morts grecs, et s'étaient jetés avec fureur dans les rangs ennemis, en massacrant un grand nombre. Mais dès que les Grecs se furent aperçus de la ruse, ils les dépistèrent et les contre-attaquèrent avec une telle rage que le sort du combat tourna en leur faveur : la dernière heure sonna pour la malheureuse Troie.

L'armée grecque, s'avançant peu à peu vers le cœur de la ville, laissait derrière elle la destruction, l'incendie et la mort. Troie paraissait un énorme brasier. Il restait encore le palais royal, où le vieux roi Priam et la vieille reine Hécube, entourés de leurs enfants et de l'élite de l'armée troyenne, tentaient une suprême résistance, non dans l'espoir de vaincre, mais pour mourir avec honneur. Le combat autour du palais s'acheva en massacre. On voyait les morts tomber par centaines dans les salles aux lambris dorés, dans les jardins remplis de fleurs et de parfums. Et finalement l'élan furieux des Grecs l'emporta sur la valeur troyenne. Le palais royal fut pris et incendié. Et le bon roi Priam s'écroula, tué par Pyrrhus, le fils d'Achille, qui voulait venger sur le roi des Troyens la mort de son père.

L'aube se leva sur un vaste champ de carnage : le soleil du nouveau jour ne voyait plus Troie, l'illustre et fameuse cité, dont il ne restait qu'un amas de ruines fumantes, une moisson infinie de cadavres.

Ainsi, faisant voile vers leur patrie, les Grecs purent s'abandonner à la joie et entonner des chants de victoire. L'étonnant stratagème conçu par le roi d'Ithaque, Ulysse, avait eu raison, en une seule nuit d'horreur, de l'héroïque résistance troyenne, prolongée durant dix longues années.

# II

Comment le roi d'Ithaque, Ulysse, sur la voie du retour, battu par la tempête, aborda avec ses compagnons dans l'île des redoutables Cyclopes.

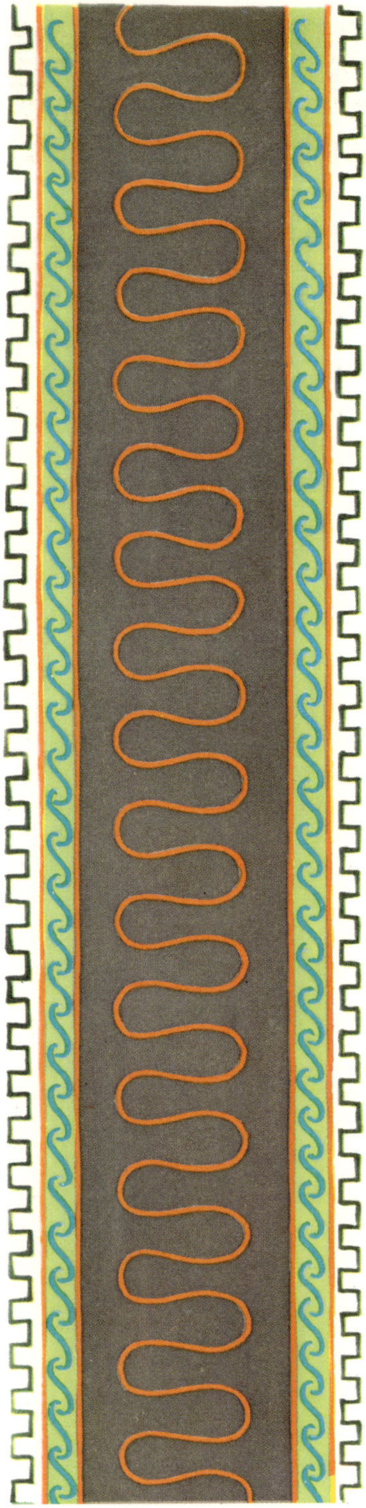

# combat avec les Ciconiens

Après la destruction de Troie, l'armée grecque remonta sur ses navires et mit les voiles au vent afin de rentrer dans sa patrie.

La nostalgie du pays natal étreignait tous les cœurs, après tant d'années d'exil. Nombreux étaient les Grecs qui ne connaîtraient pas la douceur du retour: ils étaient morts en combattant sur la terre étrangère. Les survivants songeaient à leurs familles: ils auraient voulu pouvoir accélérer la marche des bateaux, et leurs regards fixés sur la mer cherchaient déjà la ligne bleue des côtes de la Grèce.

Il y avait un grand nombre de navires, tous dirigés vers des plages et des ports différents, selon les pays divers où ils devaient aborder. Et l'armée grecque s'éloigna de ce qui avait été le royaume de Troie: elle se dispersa sur les eaux et disparut peu à peu. La cité demeura seule: ce n'était plus qu'un funèbre tas de cendres.

Le roi d'Ithaque, Ulysse, ayant rassemblé ses compagnons,

s'embarqua avec eux sur ses navires et mit à la voile vers la Mer Ionienne : là, parmi d'autres îles, s'élève la rocailleuse Ithaque. Ulysse avait des compagnons et des voiliers en grand nombre : ceux-ci étaient solides et bien construits, goudronnés de poix noire et profondément creusés, avec des gouvernails solides et des mâts qui défiaient la tempête ; ses compagnons étaient des hommes robustes, habitués au combat, et d'habiles navigateurs.

Le vent gonfla les voiles et poussa les navires d'Ulysse dans le port d'Ismare, ville appartenant aux Ciconiens.

Les Ciconiens étaient un peuple guerrier qui, pendant les dix années de guerre, avait porté secours aux Troyens. Lorsqu'Ulysse aperçut la ville d'Ismare, il dit à ses compagnons :

— Amis, cette ville qui est devant vous a envoyé ses hommes et ses armes contre l'armée grecque. Châtions ces traîtres. Aux armes, compagnons !

Un long cri jaillit de toutes les poitrines :

— Exterminons la ville des Ciconiens !

Et Ulysse, suivi de ses guerriers armés jusqu'aux dents, quitta les navires et entra dans Ismare.

A cet assaut soudain, les Ciconiens, saisis d'épouvante, prirent la fuite. Les assaillants mirent la ville à sac, massacrèrent ce qui restait des habitants et pénétrèrent dans les maisons vides : ils divisèrent en parts égales le riche butin et s'abandonnèrent à la joie, buvant et se gobergeant parmi les vaincus et les morts.

Finalement Ulysse donna l'ordre aux siens de remonter sur les bâtiments.

— Partons, dit-il, car nous avons une longue route à faire avant de rentrer chez nous.

Mais ses compagnons refusèrent d'obéir. Ivres de vin et alourdis de victuailles, ils continuèrent à festoyer, sans tenir compte de l'ordre de leur roi.

Alors Ulysse se mit en colère :

— Insensés ! cria-t-il. — Si vous ne regagnez pas vos bancs de

rameurs, vous mourrez tous, et vous ne reverrez jamais notre Ithaque, où vous attendent vos parents, vos femmes, vos enfants. Les Ciconiens qui habitent hors de la ville, à l'intérieur des terres, et qui sont nombreux et féroces, vont se jeter sur nous pour venger leurs morts, leur capitale détruite. Sauvons-nous pendant qu'il en est temps.

Menaces et conseils ne servirent de rien. Les compagnons d'Ulysse continuèrent à manger et à boire, parmi les chants et les cris joyeux. Mais ce ne fut pas pour longtemps, car les Ciconiens accoururent en si grand nombre, et si formidablement armés, qu'Ulysse et les siens durent se réfugier près des bateaux, et livrer un furieux combat pour défendre leur vie.

La bataille fut terrible. Les Ciconiens l'emportèrent enfin. Ulysse put à grand-peine remonter avec les siens sur les bâtiments, et prendre la fuite. Mais sur chaque navire, six hommes manquaient à l'appel; leurs cadavres étaient restés sur la plage d'Ismare.

Lorsqu'Ulysse se rendit compte de cette perte, sa douleur s'exhala en propos amers:

— Hélas, chaque équipage a perdu six des nôtres, et j'avais prévu ce malheur! Que ferons-nous? Allons-nous rentrer sans les appeler une dernière fois, dans l'espoir que l'un d'eux nous entende et revienne avec nous? Allons, que chaque navire appelle trois fois par leurs noms nos compagnons perdus!

Dans la nuit, les voiliers se rapprochèrent de la terre des Ciconiens; et chacun des camarades perdus fut appelé trois fois par son nom. Mais ils étaient morts et ne devaient jamais revenir.

Alors Ulysse, le cœur rempli de tristesse, donna l'ordre de tourner les proues vers la haute mer. Et la petite escadre partit.

# les mangeurs de lotos

Ils partirent, emportant avec eux le triste souvenir de leurs camarades disparus, et le doux espoir de revoir Ithaque, leur chère patrie, où les attendaient leurs familles.

Mais les Dieux, mécontents d'Ulysse, envoyèrent contre lui le redoutable vent appelé Borée, qui couvrit de nuages noirs le ciel et souleva les vagues de la mer. Une terrible tempête se déchaîna : les navires, comme de légers fétus, furent ballottés de çà et de là ; les voiles se déchirèrent ; les timoniers poussèrent des cris d'épouvante, croyant venue l'heure de leur mort à tous.

Seul Ulysse restait calme, insensible aux éléments hostiles et à la fortune ennemie.

De sa voix d'airain, plus forte que le bruit des vents et de la mer déchaînée, il ordonna :

— Carguez les voiles !

Réconfortés par cette voix qui ne tremblait pas, les matelots s'empressèrent de carguer les voiles déchirées; le vent en effet, qui les gonflait et les tendait de tous côtés, risquait à chaque instant de retourner les navires.

Ulysse prit alors le gouvernail, et de ses bras de fer il dirigea l'embarcation vers la plage la plus proche, donnant à ses compagnons l'ordre de le suivre. Animés par cet exemple, les timoniers des autres bateaux se mirent aussi à leurs gouvernails et, après une pénible navigation, les Grecs abordèrent enfin dans un port sûr. Là, pendant deux jours et deux nuits, ils se reposèrent: fatigués et muets, ils attendaient la fin de la tempête pour reprendre le chemin du retour.

L'aube du troisième jour se leva, rose et sereine. La mer était calme comme un miroir: à l'orient, le soleil d'or illuminait de son sourire la longue plage.

Les naufragés se réjouirent: ils s'embrassaient les uns les autres, sûrs désormais de pouvoir continuer leur voyage sans obstacles. Ils remirent en ordre les navires, réparèrent les mâts, raccommodèrent les voiles, se rembarquèrent. Des vents favorables et d'habiles timoniers les conduisaient vers Ithaque.

La petite escadre filait sur la mer, et les marins assis parlaient doucement entre eux.

— Demain nous verrons poindre à l'horizon l'ombre de notre chère Ithaque, disait l'un d'eux, caressant sa barbe dorée.

Et un autre, un tout jeune homme, ajoutait:

— Nos navires toucheront ce cher rivage: nous descendrons et baiserons la terre natale, et nous jurerons de ne plus jamais la quitter.

Et un troisième, plus âgé:

— Nous rentrerons dans nos maisons, nous nous assiérons à nos tables, à côté de nos parents, de nos femmes, de nos enfants. Et après dix ans d'absence, nous trouverons nos parents vieux et courbés, nos femmes pâles et les yeux pleins de larmes, et nos fils déjà grands.

Tous riaient et pleuraient d'émotion et de joie, pendant que les navires filaient sur la mer. Tous criaient:

— Ithaque, notre Ithaque! Nous allons te revoir!

Mais le vent funeste appelé Borée, envoyé par les Dieux ennemis, survint pour tourner ces douces espérances en désespoir.

Borée, cette fois, ne souleva pas en tempête les vagues de la mer, mais il dirigea contre les navires un lourd courant, qui les arrêta dans leur marche et les rejeta en arrière: puis d'autres vents arrivèrent pour mettre le désordre dans la petite escadre et rendre vain l'effort des timoniers. Pendant neuf jours et neuf nuits, les navires d'Ulysse errèrent sur la mer, poussés par les vents hostiles. Au dixième jour enfin, ils touchèrent le rivage d'une terre inconnue, où poussaient des fleurs merveilleuses.

Ulysse ne connaissait pas le nom de cette terre et de ses habitants: il recommanda donc à ses compagnons de ne pas trop s'écarter du rivage. Les voyageurs puisèrent à une source de l'eau pure pour étancher leur soif, et mangèrent près de leurs navires.

Ulysse cependant, ayant appelé trois des meilleurs parmi ses hommes, leur dit:

— Allez à l'intérieur de ce pays inconnu, et interrogez ses habitants: voyez de quelle sorte de gens il s'agit; saluez-les en mon nom, et revenez immédiatement me rendre compte de votre ambassade.

Les trois hommes partirent. Ils rencontrèrent bientôt les habitants du pays. Tous étaient d'aspect paisible et s'exprimaient avec douceur. Ils accueillirent aimablement les envoyés d'Ulysse, et leur donnèrent à manger des fleurs de lotos, ces fleurs merveilleuses dont leur terre était fleurie.

— Mangez de ces fleurs, étrangers, dit un vieillard de noble apparence, auquel tous paraissaient obéir, et qui était certainement le roi du pays. — Mangez les fleurs du lotos, qui sont notre unique nourriture, et vous acquerrez la paix du cœur et l'oubli du temps.

Les compagnons d'Ulysse remercièrent, et l'un d'eux s'adressa en ces termes au digne vieillard :

— O noble roi de cette heureuse terre, nous goûterons volontiers à la fleur du lotos, mais permets-nous d'abord de te demander si nous pourrons en offrir aussi à nos camarades, qui nous attendent près d'ici sur la plage.

— Certainement, répondit le vieillard ; et vous connaîtrez tous le joie et la paix que vous voyez sur nos visages.

Alors les trois compagnons d'Ulysse mangèrent la fleur du lotos, et dès qu'ils en eurent goûté, une transformation miraculeuse s'opéra dans leurs cœurs. Ils oublièrent leur patrie, leur chère Ithaque : ils n'eurent plus le désir de rentrer chez eux, de retrouver leurs familles : tout disparut et fut oublié. Une langueur s'insinua dans leurs membres, une molle envie de rester là, pour toujours, parmi ce peuple heureux ; ils ne parlèrent plus de rejoindre les navires, Ulysse et leurs autres compagnons. Ils s'assirent près du noble vieillard, savourant les douces fleurs du lotos, jouissant de cette paix sans changement.

Une journée s'écoula. Ulysse, ne voyant pas revenir ses hommes, craignit pour eux quelque malheur ; il décida d'aller les chercher. Il quitta les navires et se dirigea vers l'intérieur du pays. Il aperçut bientôt les mangeurs de lotos, le noble vieillard et ses trois compagnons.

— Que faites-vous ? demanda-t-il, irrité. — Pourquoi ne rentrez-vous pas ?

Les trois compagnons d'Ulysse le regardèrent, et ne parurent pas le reconnaître.

— Rentrer ? pourquoi rentrer ? firent-ils. — Nous sommes bien ici. C'est ici notre terre ; personne ne nous attend ailleurs.

Ulysse fut saisi d'effroi :

— Malheureux ! Vous nous avez donc oubliés, moi et nos compagnons, et le long voyage que nous devons faire pour rentrer dans notre patrie ?

Sans répondre, il continuèrent à manger les fleurs du lotos.

Ulysse se tourna vers le noble vieillard :

— Vieillard, qu'as-tu fait à mes compagnons ? Quel art magique as-tu utilisé contre eux, pour qu'ils aient perdu le souvenir de leur patrie ?

Le noble vieillard sourit.

— Étranger, dit-il, mange toi aussi de la fleur du lotos ; tu oublieras tout, tu seras heureux et paisible, tu ne voudras plus quitter cette terre bénie.

Ulysse comprit tout dans un éclair. Il regarda avec colère le vieillard, puis, s'approchant de ses trois compagnons, il les saisit de ses bras puissants et les entraîna avec lui. Ils eurent beau pleurer et se débattre, rien n'y fit: Ulysse les ramena de force jusqu'au rivage, les jeta dans les navires et donna l'ordre de les attacher aux mâts, afin qu'ils ne pussent s'enfuir.

— Qu'ont-ils fait? Qu'ont-ils fait? demandaient leurs camarades.

Ulysse leur ordonna à tous de remonter sur les navires, ne voulant pas que d'autres mangent de la fleur du lotos et oublient leur terre natale. Il fit déployer les voiles au vent.

Légers et rapides, les navires glissèrent sur le miroir brillant des mers. Le roi Ulysse poussa un soupir de soulagement, car l'île aux fleurs ensorcelées était loin derrière eux, et tous ces hommes n'avaient plus qu'un désir: voir surgir à l'horizon la belle Ithaque, si chère à leurs cœurs.

# l'île aux chèvres

Poussés par les vents, ils avançaient sur la mer d'azur.

Au couchant d'une autre journée, la petite armée d'Ulysse aperçut des terres nouvelles. C'étaient deux îles: l'une large et bien cultivée, riche en blé et en vignes, l'autre petite et très verte, irriguée de clairs ruisseaux. Les deux îles étaient séparées par un étroit bras de mer.

L'ombre de la nuit tombait, quand les navires entrèrent dans le port de la petite île. Malgré l'obscurité et la brume qui venait de la mer, ils abordèrent sans difficulté; les voyageurs, après avoir cargué les voiles et rangé les rames, descendirent sur la plage: la nuit était calme et la mer tranquille.

Au bout du port, on voyait s'ouvrir une grotte et jaillir une fraîche fontaine, entourée de hauts peupliers. Ce fut là qu'Ulysse conduisit ses compagnons; tous s'étendirent pour dormir, en attendant le matin.

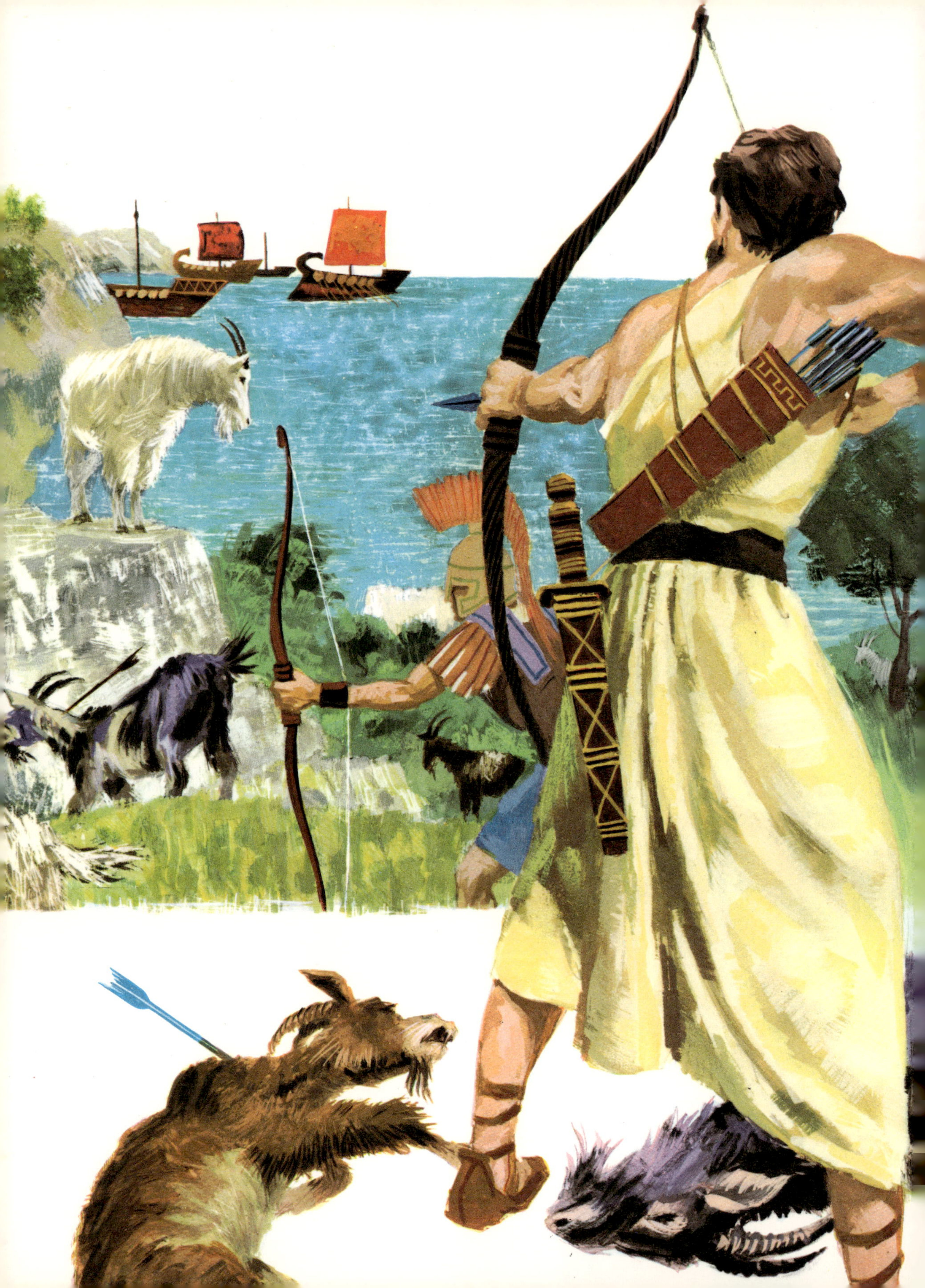

Ils se réveillèrent à l'aube et se promenèrent çà et là. Ils constatèrent avec surprise que l'île ne révélait aucune trace de vie humaine: ni hommes, ni choses fabriquées par les hommes. Seules des chèvres, des chèvres sauvages, occupaient ces lieux, ces bois touffus, ces vertes prairies, ces rochers surplombant la mer. Il y avait là un nombre incroyable de chèvres alertes et sautillantes.

Heureux d'une telle aubaine, Ulysse appela ses compagnons et les divisa en trois groupes: il leur distribua des arcs et des flèches — les armes de cette époque — et donna le signal de la chasse.

Pendant toute la matinée, les chasseurs fouillèrent les coins les plus reculés de l'île, et les chèvres tombaient sous leurs flèches aiguës. A midi, rentrés au port, ils firent le compte de leurs victimes: ils avaient tué en tout cent dix-huit chèvres.

Ulysse divisa le riche butin en parts égales. Il y avait treize navires: il donna à chaque navire neuf chèvres, et en garda dix pour lui-même.

Le reste de la journée, jusqu'au soir, se passa en festins: tous étaient fort gais; ils burent et mangèrent avec excès. Dès que la nuit tomba, ils s'endormirent, brisés par la fatigue de la chasse et alourdis par le vin et la bonne chère.

Seul le roi Ulysse avait conservé sa lucidité d'esprit et son sang-froid. Tout en mangeant et buvant avec les autres, il avait regardé plus d'une fois du côté de l'île voisine, qu'un étroit bras de mer séparait de celle où ils étaient en train de festoyer. Il avait vu monter de la fumée dans l'air, comme si elle provenait de maisons invisibles: il avait entendu, mêlé aux cris des animaux, comme un son de voix humaines, et il avait décidé de débarquer là le lendemain.

En effet, l'aube venue, Ulysse rassembla ses compagnons et leur parla ainsi:

— J'ai décidé de débarquer, avec mon seul navire, dans l'île que vous voyez devant vous, toute proche de celle-ci, et qui semble si riche en blé et en vignes : elle est sûrement habitée par des humains. Je vous demande de rester ici, dans ce port bien abrité, et de m'y attendre avec les autres navires. Je serai de retour avant le soir.

Ayant dit, il entra dans son navire, avec ses rameurs et un petit nombre de compagnons, et il leva l'ancre.

L'infortuné ne savait pas qu'il se rendait dans l'île des redoutables Cyclopes.

# III

Comment le roi d'Ithaque, Ulysse, grâce à un autre stratagème insigne, échappa, ainsi que la plupart de ses compagnons, à la férocité de l'ogre Polyphème.

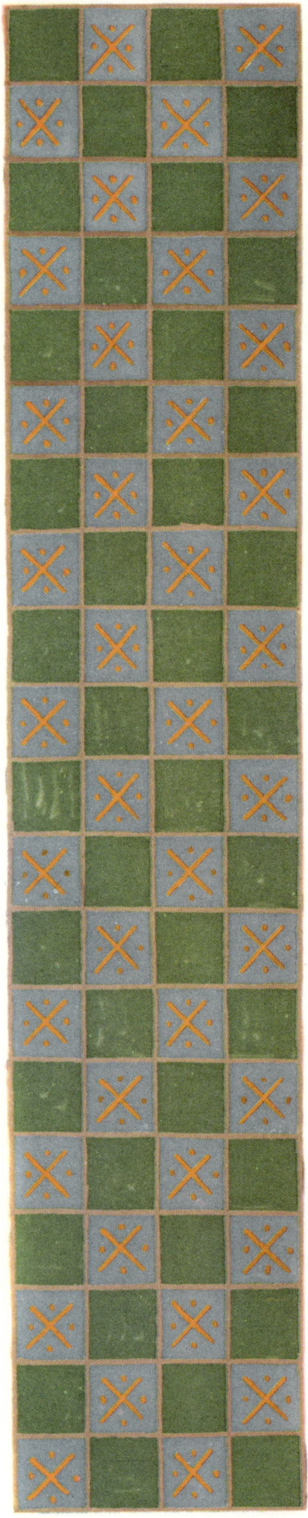

# les terribles Cyclopes

Les Cyclopes étaient des gens heureux. Un Dieu puissant les protégeait: ils vivaient dans leur île, toujours verte comme pour un éternel printemps; ils faisaient paître leurs nombreux troupeaux et se nourrissaient, à chaque saison, des fruits de la terre bienfaisante.

C'était une terre merveilleuse, qui donnait tout en abondance, l'orge, le blé, le raisin, sans avoir besoin d'être ouverte par la charrue et fécondée par les semences. Avec le lait de leurs troupeaux, les Cyclopes faisaient du beurre et du fromage, leur nourriture préférée. Ils coulaient des jours paisibles, dans l'air bleu de cette île heureuse, entre la montagne et la mer.

Ils étaient nombreux, et vivaient sans lois, en hommes libres. Chacun était son maître et régnait sur sa femme et ses enfants, sans se soucier du voisin. Ils habitaient au sommet des montagnes, ou bien dans les cavernes qui s'ouvraient près de la mer. De taille gigantesque, démesurément forts et d'âme altière, ils ne permettaient pas aux étrangers de débarquer dans leur île. C'était une race de redoutables géants effrayants à voir.

Effrayants, car à la différence des autres hommes, ils avaient un seul œil au milieu du front, et cet œil unique fulgurait comme le soleil. S'ils parlaient, leur voix dépassait le bruit du tonnerre; s'ils empoignaient quelqu'un, leurs mains broyaient comme des tenailles; s'ils marchaient, la terre résonnait sous leurs pas. Ils ignoraient l'amour du prochain et la pitié pour les faibles. Malheur à ceux qui s'aventuraient dans l'île habitée par ces monstres!

Ulysse et ses compagnons, ne se doutant pas du danger qui les attendait, débarquèrent dans l'île des Cyclopes.

Près de la rive se dressait une vaste et lugubre caverne, qui abritait un grand nombre de chèvres et de brebis. Elle était ceinte d'un grand enclos fait de pierres superposées et entourée de pins et de chênes.

Ulysse laissa la plupart de ses hommes à la garde du navire. Il en prit douze avec lui, choisis parmi les meilleurs, et il se dirigea vers la caverne. Il emportait une outre en peau de chèvre et une besace: l'outre était pleine de vin, un vin si fort qu'il ressemblait à une liqueur, d'un arôme et d'un goût délicieux; la besace était remplie de mets choisis et savoureux.

Ce vin et ces mets, Ulysse comptait les offrir en don à l'habitant de la caverne, afin de l'inciter à accueillir humainement ses visiteurs inconnus.

Mais il ne trouva dans la caverne que des brebis et des chèvres; elles remplissaient les étables et chaque animal possédait son petit gîte. On voyait partout des corbeilles et des paniers pleins de fromage, des vases, des jarres et des seaux remplis de lait: une vraie richesse! Les compagnons d'Ulysse, émerveillés de tant d'abondance, s'adressèrent ainsi à leur chef:

— Permets-nous, Ulysse, de nous approvisionner en fromage et en lait, d'enlever aux étables les meilleurs agneaux et chevreaux et d'emporter le tout sur le navire. Nous ferons vite et personne ne

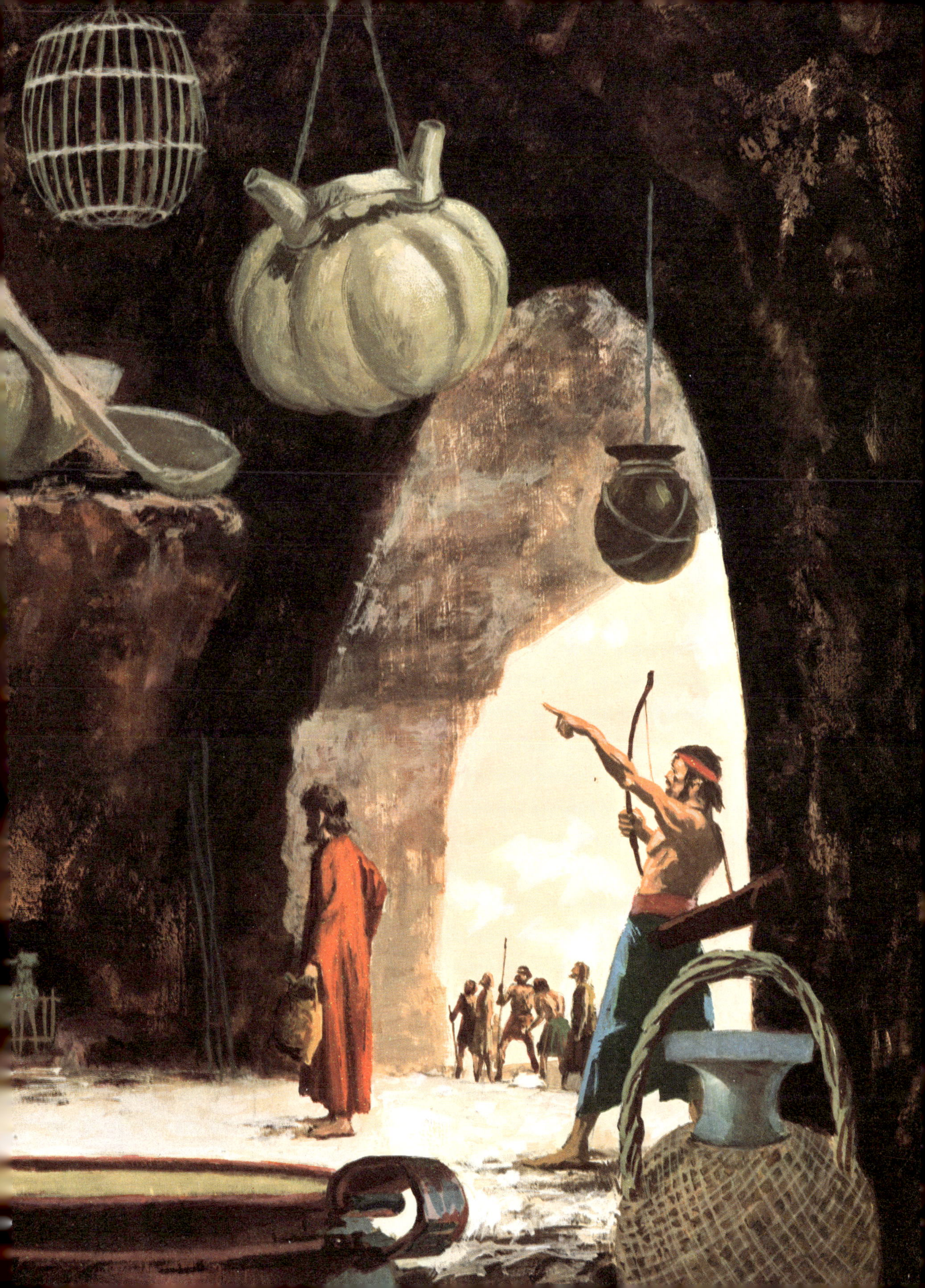

nous verra. Et rentrés dans nos navires, nous partirons en hâte sans regarder en arrière.

Ulysse hocha la tête et répondit :

— Non, amis. Je veux voir et connaître l'habitant de cette caverne, et lui offrir ces dons que j'ai apportés avec moi. Obéissez à mon ordre et tenez-vous tranquilles.

Tous se turent et s'assirent. Alors Ulysse leur distribua des corbeilles pleines de fromage, et il en mangea lui-même avec eux. Ils attendirent ainsi le retour du Cyclope.

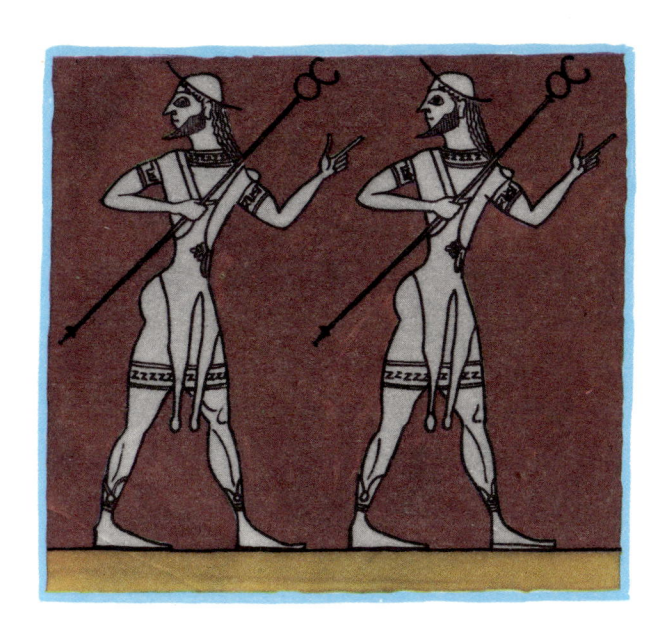

# l'ogre Polyphème

L'habitant de cette caverne se nommait Polyphème. Plus gigantesque et plus féroce que tous les autres Cyclopes, il vivait seul et sauvage, sans femme et sans enfants. Pendant qu'Ulysse et ses compagnons l'attendaient, il faisait paître ses brebis sur les hauteurs de la montagne.

Il rentra à la tombée du soir. Il portait sur ses épaules, sans aucune fatigue, un énorme tronc d'arbre, qui lui servirait à faire du feu pour son souper. Arrivé sur le seuil de la caverne, il jeta son fardeau à terre, et le bruit fut tel qu'Ulysse et ses hommes se levèrent terrifiés, et se cachèrent dans le recoin le plus obscur de l'antre.

Polyphème rangea son troupeau à l'intérieur et à l'extérieur de la caverne: il fit entrer les brebis mères au-dedans, et laissa dehors, à ciel ouvert, les béliers. Puis, soulevant un roc de pierre épais comme une montagne, il le plaça contre l'entrée de la caverne, fermant ainsi le passage.

Cela fait, il se mit, comme chaque soir, à traire ses brebis et ses chèvres, dont il recueillait le lait en des vases et en d'énormes outres: celui des outres servait à fabriquer le fromage, celui des vases formait sa boisson habituelle.

Lorsqu'il eut fini de traire, et tout en allumant le feu, il se mit à regarder vers le fond de la caverne, où il lui avait semblé entendre des soupirs. Ulysse et ses compagnons, dès qu'ils virent cet œil unique fixé sur eux, sentirent le sang se glacer dans leurs veines.

Polyphème les avait vus.

— Qui êtes-vous, étrangers? demanda-t-il d'une voix rauque, qui retentissait comme le tonnerre.

Au son de cette voix farouche et à la vue de l'horrible face du monstre, les malheureux Grecs tombèrent à genoux.

— De quelle contrée venez-vous? poursuivit Polyphème. — Êtes-vous des marchands qui parcourez les mers pour vendre votre marchandise ou des brigands qui volez l'or et les troupeaux?

A ces questions, lancées sans pitié et d'une voix terrible, Ulysse voulut faire une réponse apte à calmer la colère de Polyphème.

— Nous ne sommes ni des marchands ni des voleurs, dit-il, nous sommes des Grecs qui, revenant de la guerre de Troie qui a duré dix ans, avons été ballottés par les vents et les tempêtes et jetés sur le rivage. Nous n'avons qu'un désir, revoir notre patrie, nos maisons, nos familles qui nous attendent depuis si longtemps et qui peut-être nous croient déjà morts. Nous te conjurons à genoux de nous accueillir en amis et de nous renvoyer avec un don qui fera notre bonheur.

Polyphème eut un mauvais rire; il s'approcha d'Ulysse, le palpa et interrogea de nouveau:

— Où as-tu abordé avec ton navire? Près de ma caverne ou plus loin?

Ulysse trembla au-dedans de lui-même: il avait compris que

Polyphème voulait s'emparer aussi du navire et de ses autres compagnons. Mais Ulysse était habile et très rusé; il prit aussitôt l'attitude qui convenait et s'écria en pleurant:

— Hélas, hélas! Un vent ennemi nous a jetés sur un rocher de cette île. Notre navire s'est brisé en morceaux et la plupart de nos compagnons ont péri. Nous seuls nous sommes sauvés. Aie pitié de nous, Polyphème!

Pour toute réponse, le terrible Cyclope saisit de ses énormes mains deux compagnons d'Ulysse, les souleva par deux fois et les fracassa contre le sol. On vit jaillir de tous côtés le sang et la cervelle des malheureux Grecs. Les survivants poussèrent un cri d'horreur. Polyphème déchira leurs corps pièce à pièce, mit les morceaux sur la table et les dévora en un clin d'œil. Puis, après avoir bu une jarre de lait, il se coucha parmi les brebis et s'endormit tranquillement.

Les compagnons d'Ulysse se laissèrent tomber à terre en pleurant:

— Notre dernière heure est venue! Notre dernière heure est venue!

Certains songèrent à leurs mères, à leurs femmes, à leurs enfants qui les attendraient en vain dans leur douce Ithaque. Et tous se serrèrent les uns contre les autres et s'embrassèrent, mêlant leurs larmes et leurs soupirs.

Seul Ulysse ne pleurait pas et ne gémissait pas: des idées de vengeance et de fuite s'agitaient dans son cerveau fécond en ruses.

— Comment sortir d'ici? se demandait-il. — J'ai mon épée et je pourrais frapper le monstre pendant qu'il dort. Mais ensuite, comment faire pour sortir de la caverne? L'énorme bloc de pierre qui ferme l'entrée est trop lourd pour nos faibles bras. Même si nous tuons Polyphème, nous ne pourrons jamais déplacer cette masse, sortir d'ici, rejoindre notre navire et nos autres compagnons. Mieux vaut attendre un moment plus propice.

Ces pensées l'occupèrent toute la nuit. A l'aube, Polyphème ouvrit l'œil unique qu'il avait au milieu du front et regarda autour de lui d'un air satisfait. Il ralluma le feu et se mit à traire de nouveau ses brebis grasses; il versa le lait dans les seaux et s'adonna à ses occupations matinales habituelles. Puis il saisit avidement deux autres compagnons d'Ulysse, les souleva et les fracassa contre le sol, déchira leurs corps et les dévora. Ensuite, ayant rassemblé son troupeau, il écarta sans peine l'énorme bloc de pierre et sortit de la caverne.

Ulysse avait espéré qu'il laisserait le passage ouvert et libre; mais Polyphème replaça le bloc de pierre contre l'entrée de la caverne, et il partit en sifflotant vers la montagne, où il allait faire paître ses brebis.

# le châtiment de Polyphème

Restés seuls dans la ténébreuse caverne et voués à une mort certaine, les compagnons d'Ulysse se lamentaient à grands cris: ils pleuraient l'horrible fin de leurs quatre camarades, déjà tués et mangés par l'ogre Polyphème. Ils ne pouvaient se consoler et imploraient les Dieux; ils évoquaient les noms de leurs parents lointains et demandaient à Ulysse leur salut, ou du moins une mort moins cruelle.

— Tue-nous, Ulysse, notre roi! s'écriaient-ils. — Nous ne voulons pas servir de nourriture au terrible Cyclope.

— Silence! répliqua Ulysse d'une voix dure. — A quoi bon pleurer et nous lamenter comme des femmelettes? Suivez mon exemple, soyez courageux et nous vaincrons le sort contraire.

Ulysse n'en parlait pas, mais il avait déjà formé dans son esprit un plan de vengeance et de fuite. Il avait aperçu un énorme tronc d'olivier encore vert, qui gisait abandonné dans un coin de la caverne: Polyphème l'avait déraciné du sol pour s'en faire un bâton qui faciliterait sa marche dans les sentiers de montagne, puis il l'avait oublié. Long et épais comme un mât de navire, le tronc d'olivier fut soulevé à grand-peine par Ulysse qui en trancha une partie avec son épée. Il confia ensuite cette partie à ses compagnons en leur demandant de la nettoyer et de la polir. Puis il l'aiguisa d'un côté et en fit griller la pointe dans la flamme. Il cacha ensuite en lieu sûr ce pieu rougi au feu.

— J'ai besoin de quatre d'entre vous, hardis et forts, pour m'aider à soulever ce pieu et à l'enfoncer dans l'œil de Polyphème, quand il sera endormi.

Les compagnons d'Ulysse tremblaient d'effroi. Ulysse dut tirer au sort quatre noms et ces noms furent, par chance, ceux des plus valeureux. A voix basse, Ulysse leur dit ce qu'ils devaient faire. Puis tous attendirent avec anxiété le retour du Cyclope.

Le terrible Polyphème arrive enfin. Il déplace le bloc de pierre qui ferme l'entrée de la caverne, entre avec son troupeau, referme, et commence à traire ses brebis comme d'habitude. En ayant terminé avec cette pacifique occupation, il se jette de nouveau sur les compagnons d'Ulysse, en prend deux, les soulève, les fracasse contre terre, les déchire et les dévore avec avidité.

Alors Ulysse s'avança, tenant à la main une coupe remplie de ce vin enivrant comme une liqueur que lui avait donné autrefois Maron, prêtre d'Ismare.

— Tiens, Cyclope, dit-il, puisque tu t'es nourri de chair humaine, bois ce vin chaleureux. Je voulais t'en faire don et boire avec toi la coupe de l'amitié, afin que tu me renvoies dans mes foyers avec mes chers compagnons. Mais qu'as-tu fait de nous, cruel?

Polyphème prit des mains d'Ulysse la coupe remplie du vin noir et capiteux, et l'avala d'une seule gorgée.

— Oh, que c'est bon! s'écria-t-il, donne-m'en encore, étranger: je l'aime beaucoup.

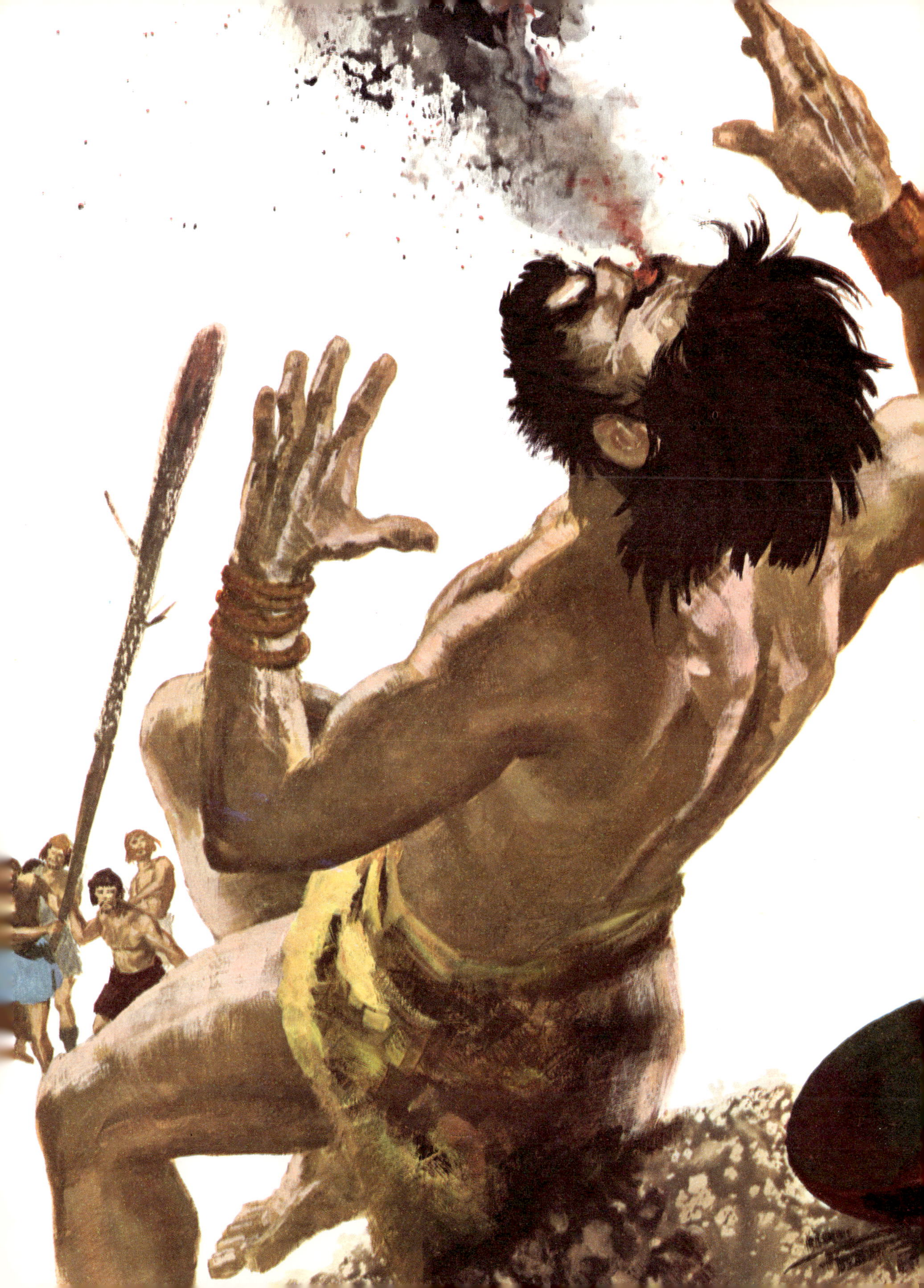

Ulysse lui versa une seconde coupe de vin, que Polyphème avala d'une seule gorgée comme la première.

— Quelles délices, mon cher hôte! s'écria Polyphème, faisant claquer sa langue. — Ce n'est pas du vin, c'est un nectar céleste. Encore! Encore!

Et pour la troisième fois, Ulysse remplit la coupe et Polyphème la vida d'un trait.

— Merci, mon hôte, balbutia avec peine le Cyclope, déjà saisi par les vapeurs de l'ivresse. — Dis moi ton nom, pour que je puisse te récompenser par un beau cadeau.

Il essaya de se mettre debout, mais il vacillait.

— Ah, tu veux savoir mon nom? dit alors Ulysse, maître de ruses. — Je te le dirai: mais toi, tiens ta promesse. *Personne* est mon nom. C'est ainsi qu'on m'appelle. Et maintenant, donne-moi le cadeau promis.

— Eh bien, répondit le Cyclope tout chancelant d'ivresse, *Personne* sera le dernier que je dévorerai. Voilà mon cadeau.

Et il s'écroula à terre, ivre de vin et de sommeil.

— Vite! cria Ulysse à ses compagnons, venez m'aider à soulever le pieu!

Les quatre hommes choisis tirèrent le pieu hors de sa cachette; l'ayant soulevé, ils placèrent sa pointe aiguisée dans la cendre ardente du foyer: la pointe ne s'enflamma pas, mais elle devint rouge comme braise.

Les quatre hommes prennent alors le pieu aigu, s'approchent de Polyphème, toujours plongé dans un sommeil épais, et lui enfoncent la pointe embrasée dans l'œil; en même temps Ulysse, rassemblant toutes ses forces, fait tourner le pieu sur lui-même, afin qu'il entre plus profondément dans l'œil du Cyclope.

La prunelle se mit à frire, crépita, brûla; le sang jaillit de la plaie; une fumée nauséabonde se répandit dans la caverne. Polyphème était aveugle.

Il se mit debout, avec un rugissement semblable à celui du lion:

son hurlement de douleur fit trembler la caverne. Ulysse et ses compagnons se réfugièrent tout au fond. Le Cyclope retira le pieu de son œil, et d'une voix de tonnerre il appela à son secours les autres Cyclopes habitants de l'île.

— A moi, frères! A l'aide, à l'aide!

De tous côtés les Cyclopes accoururent vers la caverne de Polyphème, et du dehors ils l'interrogeaient:

— Que veux-tu?

— Qui te fait du mal?

— Qui t'attaque ou te blesse?

— Hélas, mes amis, *Personne!*, leur répondait le géant; je suis victime non de la force, mais de la ruse.

Alors les Cyclopes, haussant les épaules, répliquaient:

— Si personne ne t'attaque, pourquoi nous appelles-tu au secours?

— Si c'est une maladie que t'envoient les Dieux, demande-leur de te guérir!

— Au revoir, Polyphème.

— Bonne nuit, Polyphème.

Et ils s'en allèrent l'un après l'autre, laissant Polyphème aveugle et hurlant de douleur et de rage au fond de sa caverne.

Ulysse se réjouit dans son cœur d'avoir trompé les terribles Cyclopes, grâce au nom de *Personne* qu'il s'était donné. Sa ruse l'avait sauvé, ainsi que ses compagnons, d'une mort certaine. Il leur fallait maintenant sortir de la caverne pour retourner aux navires et prendre la fuite. L'âme infatigable d'Ulysse conçut aussitôt un nouveau et magnifique stratagème. Et voici comment.

Polyphème s'était avancé en tâtonnant vers la sortie de la caverne. Tout en gémissant à cause de son œil perdu et de l'affreuse plaie saignante au milieu de son front, il avait écarté l'énorme bloc de pierre qui fermait l'entrée de la caverne, et il se tenait assis sur le seuil, les bras ouverts et étendus pour saisir Ulysse et ses compagnons, au cas où ils auraient tenté de s'enfuir parmi les brebis et les chèvres.

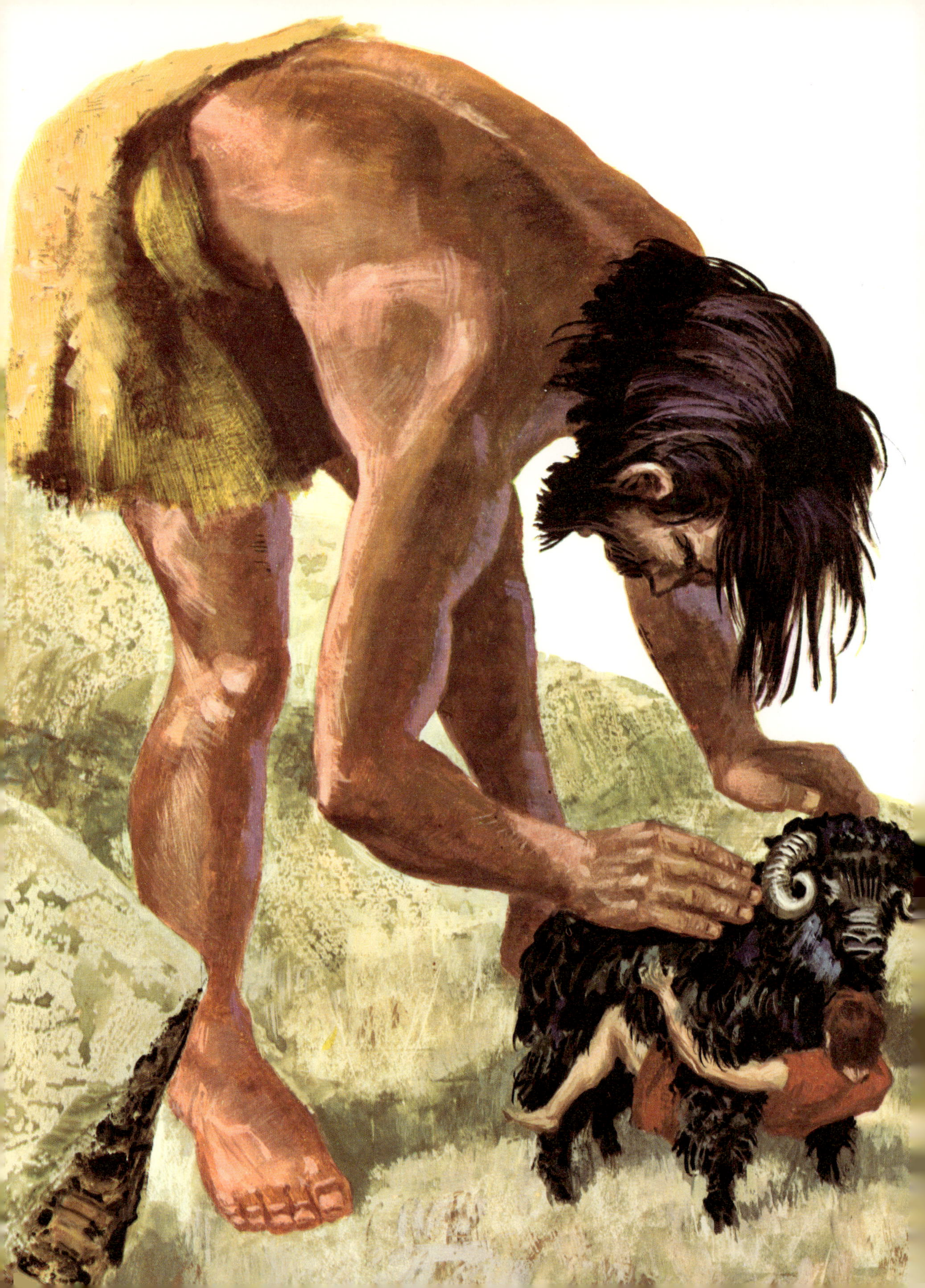

Ulysse ordonna alors à ses compagnons de se cacher sous le ventre laineux des plus beaux et des plus gras béliers. Les six survivants ne se le firent pas dire deux fois. Chacun d'eux prit trois béliers, les attacha ensemble et se cacha sous le ventre de celui qui était au milieu, en s'agrippant avec les mains aux toisons épaisses. Quand il vit que ses compagnons étaient prêts, Ulysse saisit le plus gros bélier du troupeau et il se cacha sous son ventre, s'agrippant lui aussi aux longues touffes de la toison.

Et ils attendirent le matin.

L'aube venue, le troupeau quitta les étables pour aller au pâturage. Et les gros béliers sortirent les premiers de la caverne.

Au fur et à mesure qu'ils passaient devant lui, Polyphème palpait leurs dos, sans s'apercevoir que, sous leur ventre, se tenaient cachés les hommes étrangers qu'il voulait tuer et manger. Les béliers passèrent, sortirent: les compagnons d'Ulysse avaient recouvré la liberté.

Finalement le plus gros et le plus beau des béliers, la fleur du troupeau, passa lui aussi devant Polyphème: Ulysse était caché sous son ventre.

Polyphème palpa le dos du magnifique animal, l'attira à lui et le caressa. Ulysse tremblait à la pensée d'être découvert. Mais Polyphème ne se douta de rien. Et le beau bélier passa lui aussi et sortit de la caverne, emmenant Ulysse.

Tous étaient saufs.

# IV

Comment Ulysse, après d'autres traverses, débarqua dans l'île de la magicienne Circé qui changeait les hommes en porcs.

5. - MONICELLI. *Le voyage d'Ulysse.*

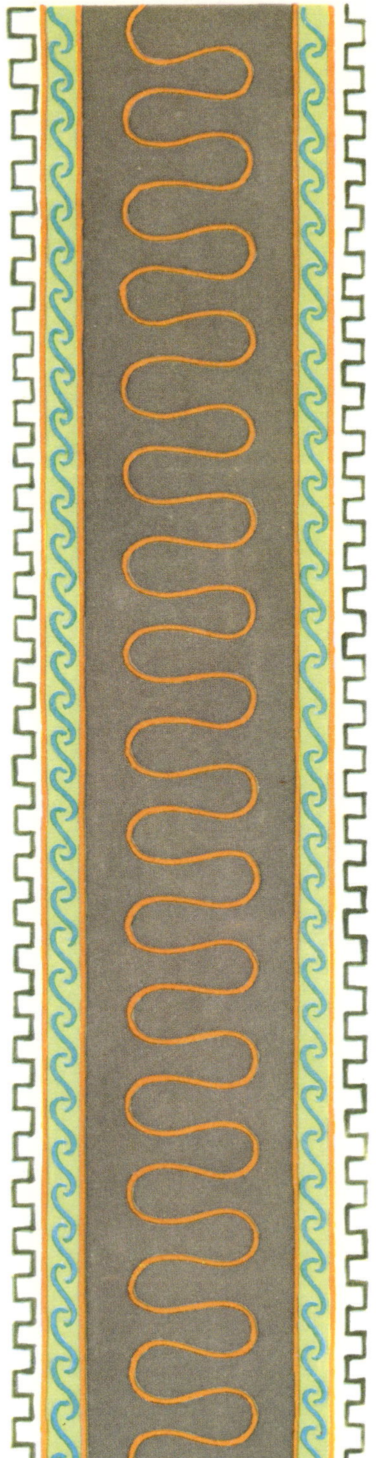

# l'outre des vents

Ils retrouvèrent leur navire, où leurs compagnons les attendaient dans l'angoisse et les accueillirent avec des larmes de joie.

— Nous vous croyions morts, disaient-ils; et nos six camarades qui manquent, où sont-ils?

Ulysse raconta la triste fin des disparus, tués et mangés par le terrible Polyphème. Des cris de douleur s'élevèrent du navire. Mais Ulysse, d'un geste, ordonna le silence.

— J'ai vengé nos morts, expliqua-t-il, en rendant aveugle le cruel Cyclope. Il nous faut maintenant partir vite, afin d'échapper à sa rage dévastatrice.

Tous montèrent sur le navire. On déploya les voiles: on tourna le gouvernail du côté de l'île aux chèvres voisine, où les attendait le reste de la petite flotte. Et la nef légère glissa sur la mer.

Pendant qu'elle s'éloignait de l'île des Cyclopes, Ulysse, debout sur le pont et se servant de ses mains en guise de porte-voix, adressa un dernier salut à Polyphème:

— Adieu, Polyphème! Sache que celui qui t'a vaincu, et a réussi à t'échapper avec ses compagnons, ne s'appelle pas *Personne*: il s'appelle Ulysse, fils de Laërte, roi d'Ithaque.

Polyphème l'entendit, et répliqua d'une voix terrible:

— Maudit sois-tu, traître Ulysse! Puisses-tu ne jamais retourner dans ta patrie, ou si tu dois y retourner un jour, que ce soit le plus tard possible, sur un navire étranger et après avoir perdu tous tes compagnons!

Polyphème saisit ensuite un énorme bloc de pierre qui paraissait la cime d'une montagne, le fit tournoyer dans l'air et le lança de toutes ses forces contre le navire d'Ulysse.

Le roc tomba dans l'eau avec un bruit épouvantable, frôlant le gouvernail du navire: l'eau se souleva en trombe, couvrant le pont. Projeté en avant avec violence, le navire rejoignit en un clin d'œil le calme port de l'île aux chèvres, où l'attendaient les autres Grecs.

Les arrivants furent salués avec joie. Et après un bref repos, Ulysse s'adressa ainsi à ses compagnons:

— Amis, saluons nos morts, et prions pour que les Dieux nous soient favorables. Reprenons notre route vers notre Ithaque bien-aimée.

La petite escadre déploya ses voiles, et les nefs glissèrent sur la mer d'azur.

Cependant les compagnons d'Ulysse, fatigués et attristés par leurs longues souffrances, se demandaient:

« Arriverons-nous vraiment, cette fois-ci, jusqu'à notre Ithaque? »

Et ils soupiraient dans leurs cœurs déçus, fixant sur l'horizon lointain leurs yeux pleins de larmes, comme s'ils espéraient y voir surgir la ligne bleue de leur terre natale, cette terre où ils désiraient tant mourir en paix et chargés d'années.

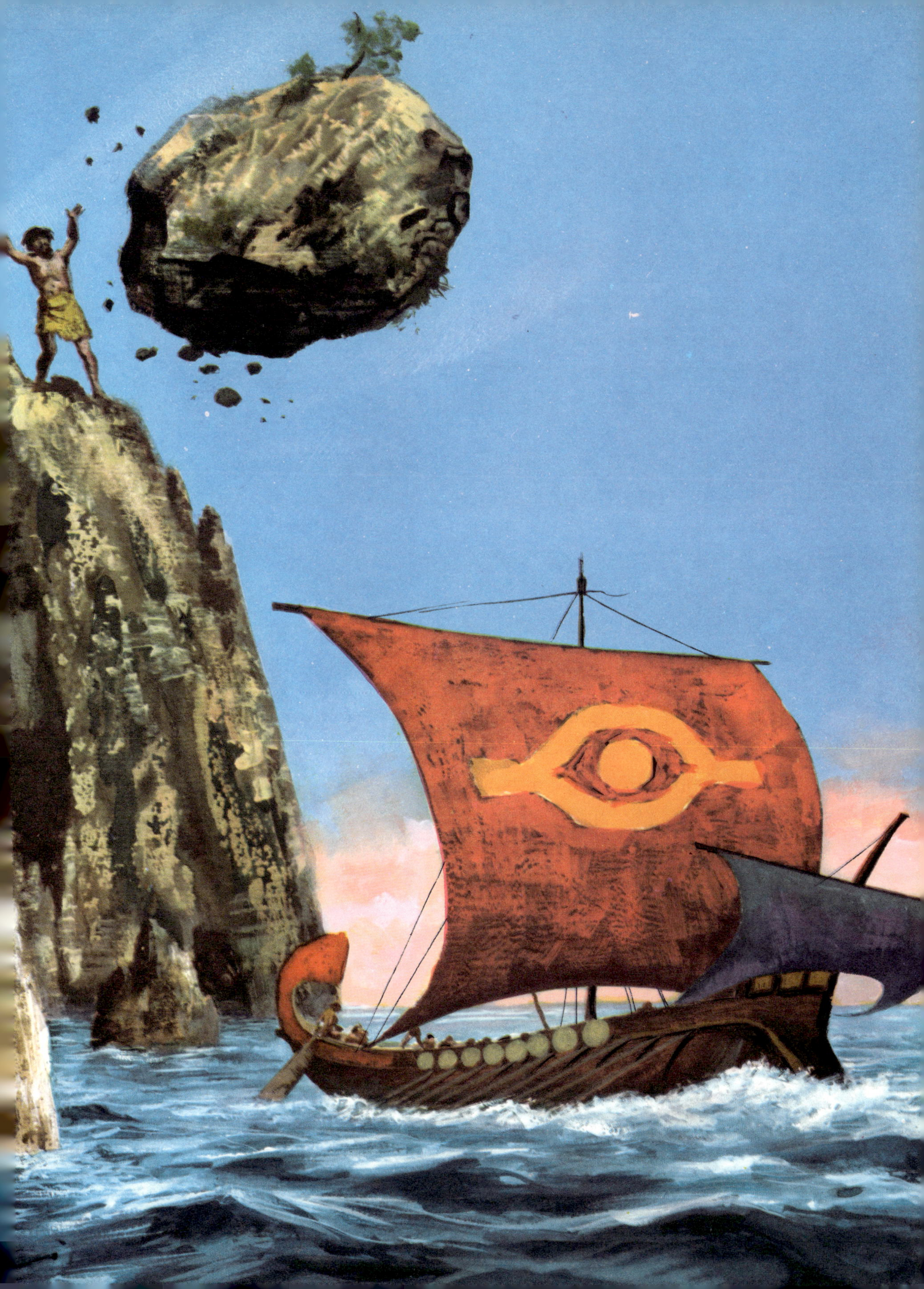

Ils parvinrent enfin à l'île d'Éolie, ceinte de tous côtés d'un rempart d'airain et protégée des tempêtes par de hauts rochers à pic. Là vivait le roi Éole avec sa femme et ses douze enfants, six fils et six filles, dans un magnifique palais tout résonnant du chant des flûtes et exhalant de suaves parfums.

Ulysse décida de descendre dans l'île avant de continuer son voyage. Éole accueillit les voyageurs avec de grandes manifestations d'amitié, et quand il sut que le chef de la petite troupe n'était autre que le roi d'Ithaque, Ulysse, il lui ouvrit son palais et le fit asseoir à sa table. Pendant un mois entier, il ne se lassa pas d'écouter, de la bouche d'Ulysse, les merveilleux récits de la guerre de Troie.

Le mois écoulé, Ulysse prit congé de son hôte.

— Hôte chéri, dit-il, mes compagnons et moi avons hâte de revoir Ithaque; je te demande l'autorisation de partir. Grâces te soient rendues pour tes bienfaits.

Éole répondit:

— Hôte illustre, retourne dans tes foyers avec tes compagnons. Voici un don qui te sera, pendant le voyage, d'un inestimable secours.

Et il lui tendit une outre faite de solide peau de boeuf.

— Tu n'ignores pas, continua-t-il, que je suis le maître de tous les vents amis ou ennemis. J'ai enfermé dans cette outre les vents hostiles, afin qu'ils ne te tourmentent pas pendant ton voyage et te laissent naviguer en paix. Garde-les bien enfermés dans l'outre et ne leur permets pas de s'échapper. Reçois mes adieux et mes vœux de bon voyage!

A plusieurs reprises et les yeux pleins de larmes, Ulysse embrassa Éole, le maître des vents. Il revint aux navires, tenant serrée contre lui l'outre qui renfermait les vents hostiles: il la cacha tout au fond de son navire. Et il dit à ses compagnons:

— Vite aux voiles et aux rames! Nous serons à Ithaque avant dix jours.

Tous poussèrent des cris joyeux. Ils déployèrent les voiles et empoignèrent les rames en chantant. Et ils partirent.

Les plus vieux marins parlaient doucement entre eux.

— Dix jours encore, disait l'un, lissant sa barbe grise, et nous verrons poindre à l'horizon notre douce Ithaque.

Et un autre au front pensif ajoutait:

— Nos navires toucheront ces rives aimées; nous descendrons et baiserons le sol natal, et nous ferons le serment de ne l'abandonner jamais plus.

Un troisième, aux cheveux déjà blancs, disait:

— Nous arriverons à nos maisons, nous serons assis à nos tables, parmi nos parents, nos femmes, nos enfants. Et après une si longue absence, nous trouverons nos parents tout tremblants de vieillesse, nos femmes pâles aux yeux remplis de larmes, et nos enfants déjà grands.

Tous riaient et pleuraient d'émotion et de joie, tandis que les navires, poussés par un bon vent, couraient sur la mer tranquille. Et leur vœu était unanime:

— Ithaque! Notre Ithaque! Nous allons te revoir!

Neuf jours et neuf nuits passèrent. Déjà le dixième soleil montait à l'horizon, et, juste en face des navires d'Ulysse, l'on voyait surgir à l'horizon la ligne bleue d'Ithaque.

— Ithaque! Ithaque! Ithaque! s'écriaient les voyageurs, les bras tendus vers leur douce patrie, maintenant toute proche.

Ithaque, ses plages, ses maisons, ses foyers.... Ulysse, qui, depuis neuf jours et neuf nuits, n'avait pas quitté la barre de son navire, se tourna vers ses compagnons.

— Nous voici arrivés, dit-il. — Je quitte le gouvernail afin de me reposer un peu. Lorsque les navires toucheront terre, éveillez-moi.

Il s'étendit au fond du navire et s'endormit.

Et voici qu'un compagnon d'Ulysse, au sombre visage, réunit ses camarades autour de lui.

— Avez-vous remarqué, dit-il, cette outre que le roi Éole donna à Ulysse avant notre départ ?

— Oui, eh bien ?

— Eh bien, je puis vous assurer que cette outre est remplie de choses précieuses données à Ulysse par Éole. Maintenant qu'Ulysse dort et qu'il ne peut nous voir, ouvrons l'outre et partageons-nous les richesses qu'elle contient.

— Non ! non ! crient quelques-uns.

— Oui, oui ! disent les autres.

Non et oui, oui et non ; pour finir, le marin au sombre visage descend jusqu'au fond du navire, découvre l'outre, s'en empare, la place devant ses compagnons, la délie....

Quelle catastrophe ! Les vents ennemis renfermés dans l'outre en sortent aussitôt, soufflant avec fureur. Les uns soulèvent les vagues de la mer, les autres entraînent les navires hors de leur chemin, d'autres encore montent jusqu'au ciel et rassemblent les nues. Bientôt une grande tempête se déchaîne. Et Ithaque disparaît de la ligne d'horizon devenue noire et orageuse.

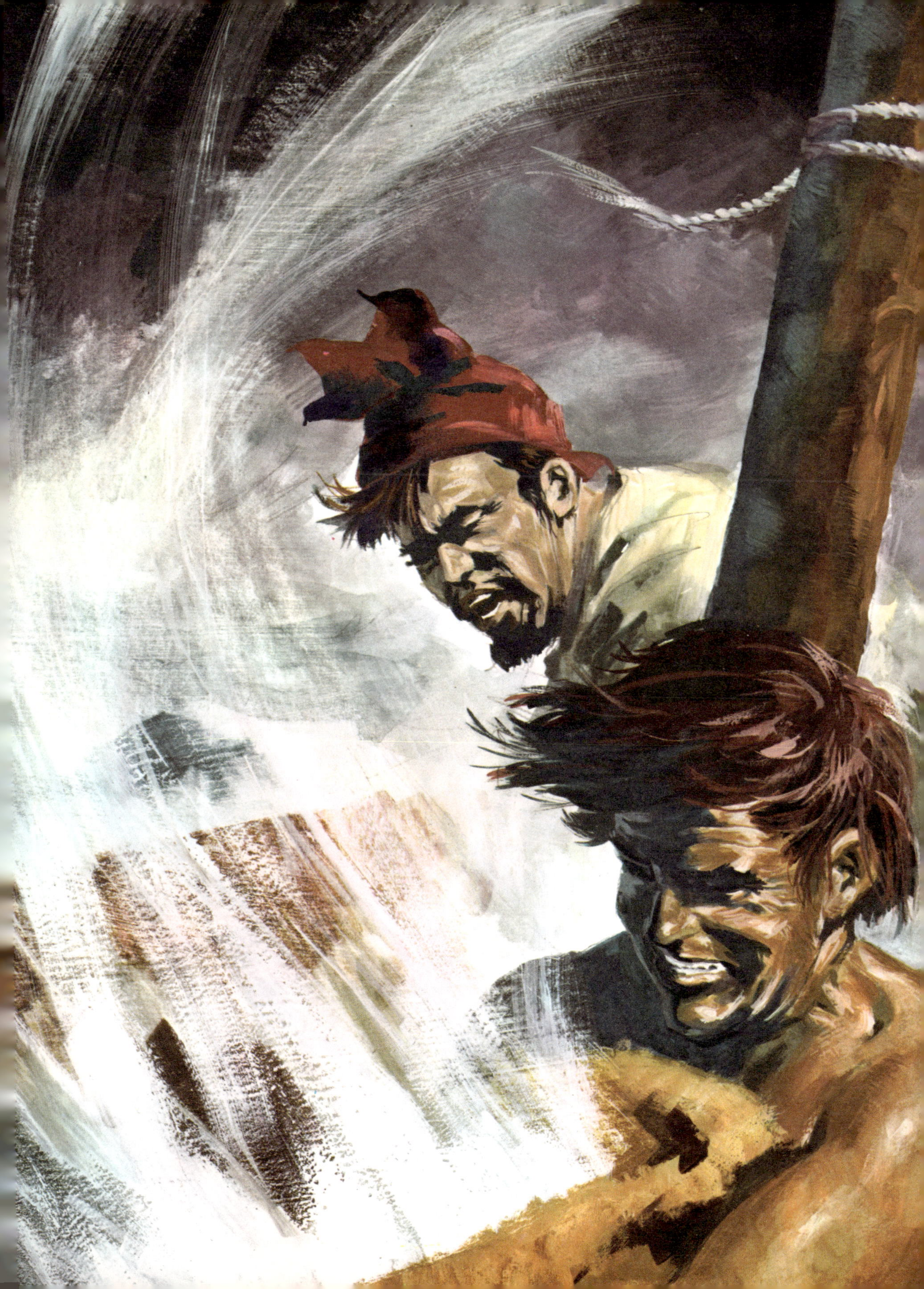

Le fracas du tonnerre réveilla Ulysse. Il vit, comprit, bondit sur ses pieds avec un cri de rage; après avoir accablé de reproches ses tristes compagnons, il prit le gouvernail et s'efforça de lutter contre le vent contraire, qui éloignait d'Ithaque les navires; mais tout fut vain. La violence de la tempête repoussa la petite flotte bien loin de là, du côté de l'Éolie. Et Ithaque, la douce Ithaque, fut de nouveau perdue.

Les compagnons d'Ulysse, pleins de désespoir et de remords, se jetèrent à genoux afin d'implorer le pardon des Dieux. Mais les vents ennemis continuèrent de souffler. Dans un dernier assaut furieux, ils jetèrent les navires sur les plages de l'île habitée par Éole, puis ils se dispersèrent dans le ciel.

Les voyageurs mirent pied à terre et, entourant Ulysse, ils le supplièrent de se présenter devant Éole, le maître des vents, afin qu'il enfermât de nouveau les vents hostiles dans une outre. Ulysse, sombre et muet, contenant la douleur de son cœur déçu, se dirigea vers le splendide palais d'Éole.

Dès que les fils et les filles du maître des vents l'aperçurent, ils ne cachèrent point leur surprise.

— O roi d'Ithaque, Ulysse, demandèrent-ils, comment es-tu ici? Notre père t'avait fait un don si merveilleux qu'il te permettait de te rendre à Ithaque sans aucune peine. Que t'est-il donc arrivé?

Pleurant comme un enfant, Ulysse répondit:

— O mes hôtes, l'avide curiosité de mes compagnons, et un court repos que je pris, ont causé tout le mal. L'outre fut déliée, et....

A ces paroles, Éole interrompit avec colère Ulysse:

— Hors d'ici! cria-t-il, et que je ne te revoie plus! Tu ne mérites pas mes bienfaits. Toi et tes tristes compagnons, vous m'avez désobéi. Je vous chasse de mon île. Allez sur la mer, ô les plus méchants des hommes, et soyez la proie de tous les vents.

Ulysse ne répondit rien. Courbé et silencieux, il revint près de ses navires et de ses compagnons, qui l'attendaient pleins d'anxiété. Dès qu'ils le virent, ils comprirent que tout espoir était fini et ils remontèrent sur leurs navires, pleurant en silence.

# les mangeurs d'hommes

Et les petites nefs d'Ulysse s'en allèrent sur la vaste mer, sans direction, à l'aventure. Les rameurs étaient las, les mains des timoniers étaient sans force, l'équipage restait assis et inerte; tous déploraient le destin cruel qui les maintenait éloignés de leur douce Ithaque, leur patrie de nouveau perdue.

Ils errèrent ainsi pendant sept jours et sept nuits. A l'aube du septième jour, ils virent surgir de la mer une terre splendide, sur laquelle le soleil ne se couchait jamais. Le ciel y était toujours bleu et clair et le travail des hommes s'y poursuivait sans interruption.

Un vaste et magnifique port accueillit la flotte d'Ulysse, qui y pénétra et s'approcha du rivage. Tous les navires entrèrent dans le port, sauf un, celui d'Ulysse, qui demeura à l'embouchure, amarré solidement à un énorme rocher. Ulysse monta sur le rocher et regarda de là le pays alentour, paisible et riche en pâturages.

Il appela alors deux de ses compagnons, ainsi que le héraut, et les chargea de s'informer du nom de cette terre et des mœurs de ses habitants.

Les trois hommes quittèrent le navire et se dirigèrent vers l'intérieur du pays. Après avoir marché quelque temps, ils aperçurent une jeune fille de noble apparence qui puisait de l'eau dans une claire fontaine.

Le héraut dit :

— Jeune fille, nous sommes des étrangers, qui venons demander l'hospitalité aux habitants de cette terre. Qui sont-ils, et quel est le nom de ce pays ?

La jeune fille répondit :

— Vous êtes ici au pays des Lestrygons, et cette superbe ville que vous apercevez au loin est Lamus, leur capitale. Mon père Antiphate est leur roi.

Le héraut s'inclina et remercia, et il prit avec ses deux compagnons la grande route qui menait à Lamus.

Ils entrèrent dans une ville magnifique aux larges portes, et s'approchèrent du palais royal. Ils aperçurent alors une femme aux proportions si énormes qu'elle paraissait une montagne : ils reculèrent saisis d'horreur.

La femme s'avança sur le seuil du palais et appela deux fois d'une horrible voix :

— Antiphate ! Antiphate, mon époux !

Antiphate apparait sur la place, gigantesque et le visage farouche ; il jette un coup d'œil sur les trois étrangers, et, sans perdre une minute, il saisit l'un d'entre eux et le dévore tout vivant.

Les deux autres, hurlant de terreur, s'enfuirent vers les navires.

Antiphate cependant appelait les siens à la rescousse :

— A moi, Lestrygons ! Il y a une bonne quantité d'hommes à manger ! A moi, Lestrygons !

Les Lestrygons, avides de chair humaine, accoururent de tous côtés.

— Où sont ces hommes à manger ? s'informaient-ils.

— Au port ! au port !

Les Lestrygons étaient un peuple de féroces géants ; ils montèrent sur les rochers qui entouraient le port et firent tomber sur les navires une telle quantité d'énormes blocs de pierre, que, en peu de temps, la petite flotte d'Ulysse fut fracassée et coula. Tous les compagnons d'Ulysse, tués ou faits prisonniers, furent dévorés par les horribles Lestrygons.

Seul Ulysse et les quelques hommes qui étaient sur son navire purent échapper à la mort. Amarrée à un rocher escarpé et restée hors du port, la nef d'Ulysse ne fut pas atteinte par les blocs de pierre et glissa inaperçue sur les ondes; elle prit le large et se sauva.

Mais, hélas, de toute la flotte d'Ulysse, il ne restait plus qu'un seul navire: la plus grande partie des compagnons d'Ulysse avait péri pour toujours.

Et ils aperçurent – horrible vision – au loin, sur le rivage de l'île maudite, de grandes tables dressées comme pour un banquet: les Lestrygons se repaissaient des chairs de leurs malheureux camarades, et ils buvaient leur sang comme un rouge nectar.

# Circé la magicienne

Désormais, un seul navire voguait sur la mer, celui d'Ulysse. Et il ne restait plus à Ulysse que quarante-cinq compagnons: les derniers survivants. Tous les autres étaient morts pendant le périlleux voyage: quelques-uns étaient tombés dans la bataille livrée aux Ciconiens, d'autres dans la caverne de l'ogre Polyphème, le plus grand nombre dans l'île maudite des féroces Lestrygons.

Où aller maintenant? Ulysse, l'air sombre, tenait la barre; mais il pleurait dans son cœur. Il entendait ses hommes parler de leurs camarades disparus, de la patrie lointaine qu'ils ne reverraient peut-être jamais, et s'interroger anxieusement sur la nouvelle route du navire.

Où allait-on? En avant, toujours en avant. Le roi d'Ithaque, Ulysse, dirigea son navire vers l'île d'Æa; il entra dans le port arrondi, s'approcha du rivage. Personne ne parlait. Les tristes voyageurs, debout, regardaient avec crainte cette terre inconnue.

Ils se jetèrent sur la terre nue et se reposèrent pendant deux jours et deux nuits, écrasés de fatigue et de douleur.

Le troisième jour, Ulysse prit sa lance et son glaive, et sans rien dire à personne, il monta au sommet d'une colline et observa les alentours. Il vit une fumée noire qui s'élevait du milieu d'une forêt de vieux chênes: il y avait donc là une demeure et sa première pensée fut de s'y rendre. Puis il jugea préférable de revenir d'abord vers le navire et de procurer quelque nourriture à ses compagnons qui avaient faim.

Il s'en retournait vers les siens, lorsqu'un grand cerf aux bois majestueux sortit de la forêt pour se désaltérer à une source voisine. Ulysse s'approcha de lui par derrière et le perça d'un coup de lance: le cerf s'abattit dans la poussière avec un cri rauque.

Le grand corps du cerf expirant se débattait sur le sol, et Ulysse songeait aux moyens de transporter sa dépouille auprès de ses compagnons. Il fabriqua donc avec des tiges d'osier une corde longue et solide et en garrotta les pieds de l'énorme animal, qu'il put traîner ainsi jusqu'au port où l'attendaient les siens.

— Amis, leur dit-il, cessez de pleurer et chassez toute tristesse! Je vous apporte de quoi vous nourrir. Mangeons et buvons, restaurons-nous: notre âme sera plus forte contre l'infortune.

Tous se réjouirent à la vue du grand cerf qui leur annonçait un abondant festin; ils firent les apprêts d'un repas qu'ils prolongèrent jusqu'au soir. Réconfortés par la chair savoureuse du cerf et par le reste du bon vin enlevé aux Ciconiens, ils envisagèrent l'avenir avec confiance.

Le jour suivant, Ulysse les réunit et leur parla ainsi:
— Amis, j'ignore ce qu'est cette terre. J'ai vu, du haut de cette colline, une fumée monter vers le ciel. Il nous faut savoir qui habite cette demeure située dans la forêt, au centre de l'île.

A l'idée de s'aventurer dans un pays inconnu, les compagnons d'Ulysse se récrièrent. Ils se rappelaient la férocité du terrible Cyclope et du roi des Lestrygons, Antiphate : ils ne voulaient plus exposer leur vie.

Mais Ulysse demeura inébranlable. Il divisa ses compagnons en deux troupes de vingt-deux hommes chacune ; il nomma chef de l'une le sage et prudent Euryloque et prit lui-même le commandement de l'autre. Il tira ensuite au sort celui qui devait se mettre en route : le sort désigna Euryloque.

Euryloque partit aussitôt avec ses vingt-deux hommes, non sans avoir salué et embrassé avec des larmes les autres Grecs qui restaient près du navire. Il pénétra dans la forêt et, au milieu d'une vallée florissante, il découvrit la demeure d'où était partie la fumée aperçue au loin par Ulysse.

C'était l'éblouissant palais de Circé la magicienne. Des loups et des lions gardaient les portes ; toutefois ces fauves, adoucis par les sortilèges de Circé, ne se jetèrent pas sur les étrangers, mais ils les accueillirent au contraire en agitant leurs queues avec allégresse. Les compagnons d'Ulysse s'approchèrent des portes et entendirent un chant suave qui venait de l'intérieur : on aurait dit une voix de femme. C'était Circé qui tissait une toile merveilleuse en chantant.

— Appelons la maîtresse de cette maison, dit l'un des Grecs, nommé Politès ; une femme qui chante d'une voix si douce doit être bonne. Nous n'avons rien à craindre.

Ils appelèrent à grande voix :

— Maîtresse ! maîtresse ! maîtresse !

Circé quitta sa toile, vint sur le seuil et, souriant à ses hôtes, les pria d'entrer.

— Qui que vous soyez, fit-elle, et sa voix était semblable au chant d'un rossignol, entrez dans ma demeure. Vous me direz d'où vous venez, où vous allez, et je vous préparerai des boissons et des mets pour vous restaurer du long chemin parcouru.

Tous entrèrent dans le splendide palais de Circé ; tous sauf un seul, Euryloque, qui, craignant une embûche, préféra rester au dehors.

La magicienne, qui était très belle de visage et richement vêtue d'étoffes précieuses, fit asseoir ses hôtes sur des sièges d'or et leur offrit des mets choisis et des boissons délicieuses.

— Buvez et mangez, mes hôtes chéris! leur disait-elle. — Je veux que vous vous plaisiez dans la maison de Circé. Rassasiez-vous, restaurez-vous. Et que vos cœurs soient libres de soucis!

Les vingt-deux compagnons d'Euryloque, séduits par les aimables paroles de la magicienne, banquetèrent joyeusement et louèrent la bonté de leur hôtesse.

— Grâces te soient rendues, illustre Circé! dit Politès parlant au nom de tous. — Nous n'oublierons jamais ton nom, et penserons toujours à toi comme à notre bienfaitrice.

Circé sourit. Elle avait saisi une baguette, dont elle frappa, l'un après l'autre et comme par jeu, les vingt-deux hommes à l'épaule. Et voici que, l'un après l'autre, les malheureux hôtes de Circé changent de forme: leurs têtes deviennent des museaux porcins, leurs corps se hérissent de soies, leurs voix ne sont plus que

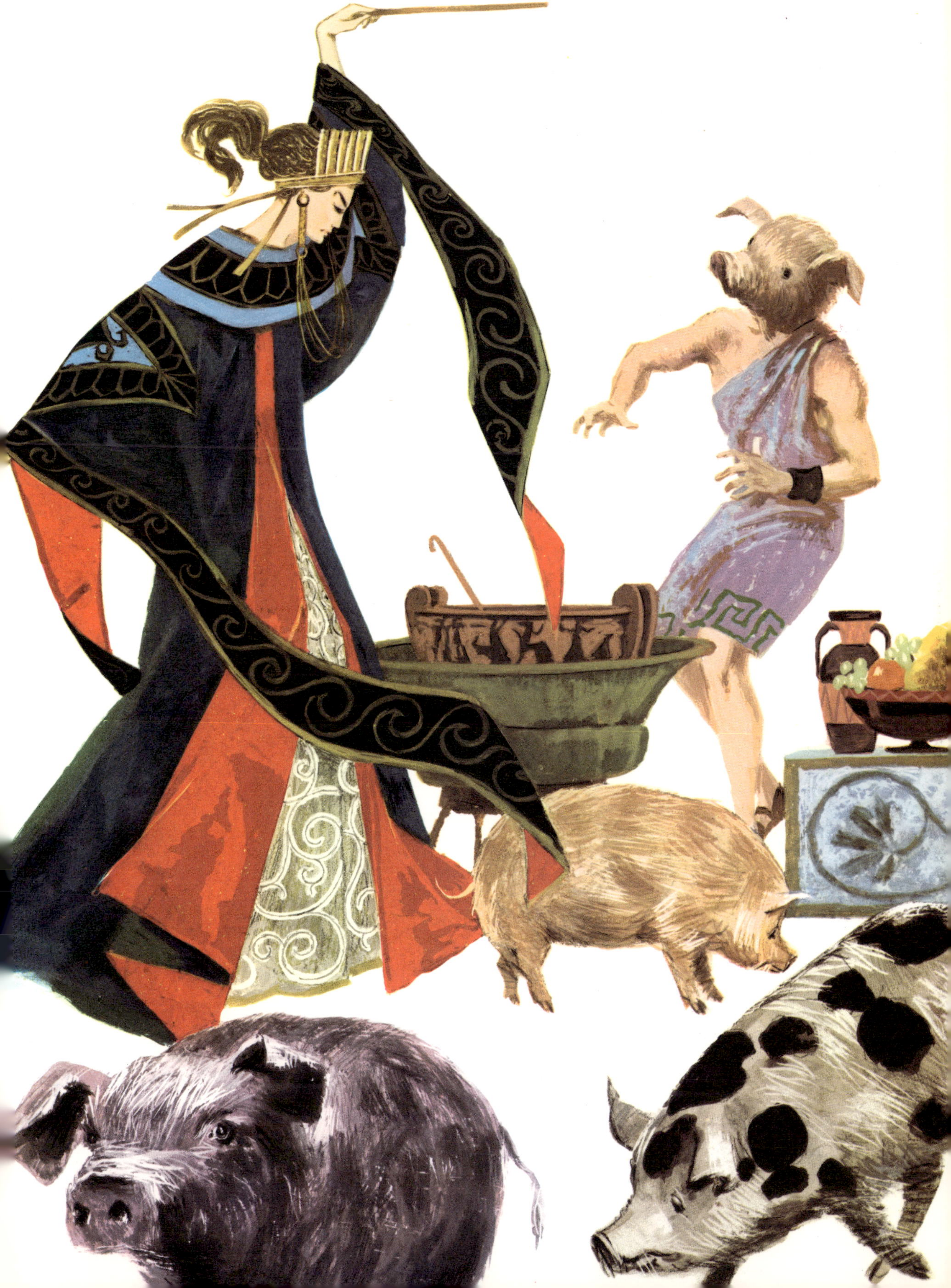

des grognements. Tel est le pouvoir maléfique de la baguette de la magicienne: elle métamorphose les hommes en pourceaux! Les vingt-deux compagnons d'Euryloque sont devenus vingt-deux cochons grognants, que Circé chasse vers les étables proches de sa demeure.

A cette vue, Euryloque, qui avait observé de loin l'enchantement de la magicienne, partit en courant vers le navire, où l'attendait Ulysse avec les autres Grecs. Il arriva hors d'haleine, parlant à mots entrecoupés.

— Hélas, hélas! Quel malheur, quel malheur! répétait-il.

Il put enfin parler d'une façon suivie et raconter à Ulysse ce qui s'était passé.

Ulysse ne trembla pas. Il ceignit sa lourde épée d'argent massif, s'arma de son arc redoutable, et ordonna à Euryloque de l'accompagner.

Mais Euryloque, se jetant à ses pieds et embrassant ses genoux, le supplia:

— Laisse-moi ici, Ulysse! Je n'ai pas le courage de te suivre. La vue de nos pauvres compagnons changés en porcs m'a mis une telle frayeur dans l'âme que je n'ose pas affronter la magicienne. Permets-moi de rester.

— Reste donc, lâche! fit avec mépris Ulysse. Et il se dirigea seul vers la demeure de Circé.

Chemin faisant, il fut abordé par un jeune homme d'aimable aspect.

— Où vas-tu, étranger?

— Au palais de Circé.

— Infortuné! s'écria le jeune homme. — Tu ne connais pas la puissance de cette magicienne. Elle te changera en porc comme tes vingt-deux compagnons. Je veux te sauver: écoute-moi.

— Parle, ami! dit Ulysse.

Le jeune homme, qui était en réalité Hermès, un des Dieux protecteurs d'Ulysse, lui tendit une plante salutaire connue de lui seul, dont la racine était brune et la fleur blanche comme le lait.

— Prends cette plante, dit-il, et manges-en la fleur. Tout sortilège de la magicienne sera désormais sans effet. Et quand elle te touchera de sa baguette magique, menace-la de ton épée: elle n'aura plus de pouvoir sur toi. Alors, tu lui feras jurer par serment de rendre à tes compagnons leur forme humaine. Elle devra t'obéir: vous serez tous libres et saufs.

Ayant parlé, il disparut. Ulysse mangea la fleur de la plante et continua sa route vers le palais de Circé. Le voici devant la splendide demeure de la magicienne; il entre et l'appelle à voix haute. Circé l'entend et apparaît sur le seuil, un sourire enchanteur aux lèvres.

— Entre, mon hôte! dit-elle de sa voix semblable au chant du rossignol. — Dis-moi d'où tu viens et où tu vas, pendant que je te préparerai des mets et des boissons pour te restaurer du long chemin parcouru.

Elle le fit asseoir sur un siège d'or, puis elle lui offrit des mets et un breuvage enchanté, comme celui qu'elle avait offert à ses vingt-deux compagnons. Ulysse mange et boit, mais le sortilège reste sans effet, car la plante salutaire lui avait enlevé tout pouvoir.

Dès qu'Ulysse est restauré, elle le frappe de sa baguette en disant:

— Va rejoindre dans les étables tes vils compagnons!

Ulysse attendait ce moment: il brandit son épée et se jette sur la magicienne. Circé pousse un cri de frayeur et, se jetant aux pieds d'Ulysse, elle l'implore avec des larmes:

— Qui es-tu? Comment as-tu pu vaincre mon enchantement? Serais-tu ce roi d'Ithaque, nommé Ulysse, qui parcourt les mers à la recherche de sa patrie? Si tu es Ulysse, ne me frappe pas, je t'aime!

Et elle fit le geste de l'embrasser.

— Arrière, magicienne! répliqua Ulysse. — Je ne puis t'embrasser, alors que mes compagnons sont dans tes étables, changés en porcs. Jure-moi d'abord de leur redonner leur forme humaine et de ne pas préparer contre nous de nouveaux sortilèges. Alors, je t'aimerai.

Circé jura. Elle saisit sa baguette et se rend dans les étables, d'où elle ramène bientôt les vingt-deux Grecs changés en porcs: elle les oint tour à tour d'un onguent magique, puis les frappe, l'un après l'autre, de sa baguette.

Aussitôt ils reprennent leur ancienne forme: les soies dont leurs corps étaient hérissés disparaissent, leurs grognements porcins font place à des voix humaines. Ulysse reconnaît ses compagnons, ils reconnaissent Ulysse: tous s'embrassent en pleurant. Ils crient d'une seule voix:

— Vive Circé, la magicienne!
— Vive Ulysse! répond-elle.

Et elle ajoute, tournée vers le roi d'Ithaque:
— Va jusqu'à ton navire, et ramène ici tes autres compagnons. Je veux que, rassemblés dans ma demeure, vous reposiez longuement vos corps las et réconfortiez vos âmes dans la paix et dans la joie.

Ulysse alla chercher Euryloque et ses autres compagnons qui, assis près du navire, attendaient anxieusement. Il les conduisit dans le splendide palais de Circé: là, pendant une année entière, ils allèrent de fête en fête, aimés et honorés par la belle magicienne à la voix douce comme celle du rossignol.

# V

Comment Ulysse parvint, grâce à un merveilleux artifice, à vaincre l'enchantement des Sirènes, à échapper à Charybde et à Scylla, et comment, après avoir perdu tous ses compagnons, il resta seul et désespéré au milieu de la tempête.

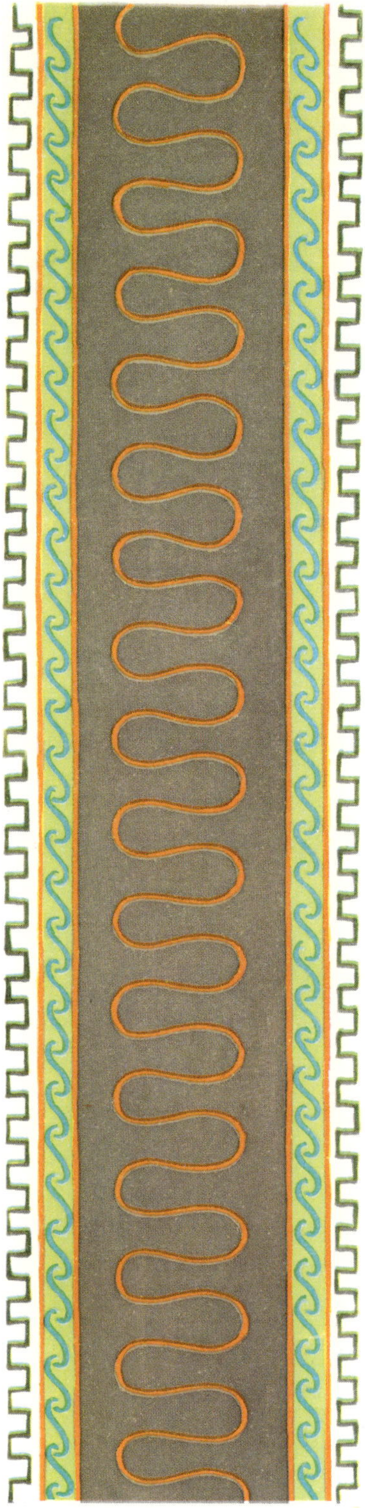

# le chant des Sirènes

L'année passa rapidement dans la brillante demeure de Circé. Toutefois le désir de revoir Ithaque se réveilla peu à peu dans les cœurs d'Ulysse et de ses compagnons; c'est pourquoi ils décidèrent de reprendre leur voyage.

Ils prirent congé de Circé et retournèrent à leur navire. Ils redressèrent les mâts, déployèrent les voiles, et s'éloignèrent de l'île de la magicienne.

Tous ne repartaient pas: l'un d'entre eux, nommé Elpénor, resta. Il s'était endormi sur le toit de la maison de Circé et s'était fracassé le crâne en tombant. Il devait reposer pour toujours dans l'île de la magicienne; ses compagnons l'ensevelirent avec amour dans la terre noire et placèrent un aviron sur sa fosse, pour rappeler son existence de navigateur.

Un vent propice, envoyé par Circé, gonfla les voiles; le navire glissa légèrement sur les flots. Les rameurs déposèrent leurs avirons, laissant au vent et au timonier le soin de pousser et de diriger le navire.

Après quelques heures de paisible voyage sur la mer d'azur, Ulysse dit à ses compagnons:

— Écoutez, amis, ce que m'a confié Circé. Nous allons passer près de la prairie des Sirènes, les ravissantes filles de la mer: elles ont visage de femme et queue de poisson, et leur chant est si suave que tout navigateur qui l'entend ne peut poursuivre son voyage: il dirige son navire vers elles et ne revient plus.

Les voyageurs, saisis d'effroi, se serrèrent autour d'Ulysse.

— Sauve-nous des fatales Sirènes! imploraient-ils. — Nous ne voulons pas entendre leur chant qui donne la mort.

— Vous n'entendrez pas ce chant, poursuivit Ulysse. — Je vous boucherai les oreilles avec de la cire molle, et vous passerez sans danger devant la prairie des Sirènes. Mais je veux écouter, moi, leur chant si doux....

— Non, Ulysse, interrompirent ses compagnons. — Si tu l'écoutes, tu voudras aller avec ton navire jusqu'aux Sirènes et nous périrons tous avec toi.

— Ni vous ni moi ne périrons, conclut l'astucieux Ulysse. — Vous me lierez étroitement, avec de longs et gros cordages, au mât du navire, et même si je vous en donnais l'ordre, vous ne me délierez pas.

Ainsi fut fait: Ulysse boucha les oreilles de ses compagnons avec de la cire molle, et on l'attacha étroitement lui-même au mât du navire.

Ils arrivèrent tout près des fatales Sirènes. Assises dans une verte prairie au bord de la mer, elles se montrèrent aux yeux des voyageurs: elles étaient femmes de la tête à la taille, et poissons à partir de la taille. Dès qu'elles aperçurent le navire d'Ulysse, elles commencèrent à chanter d'une voix suave.

Les compagnons d'Ulysse, qui ne pouvaient les entendre, empoi-

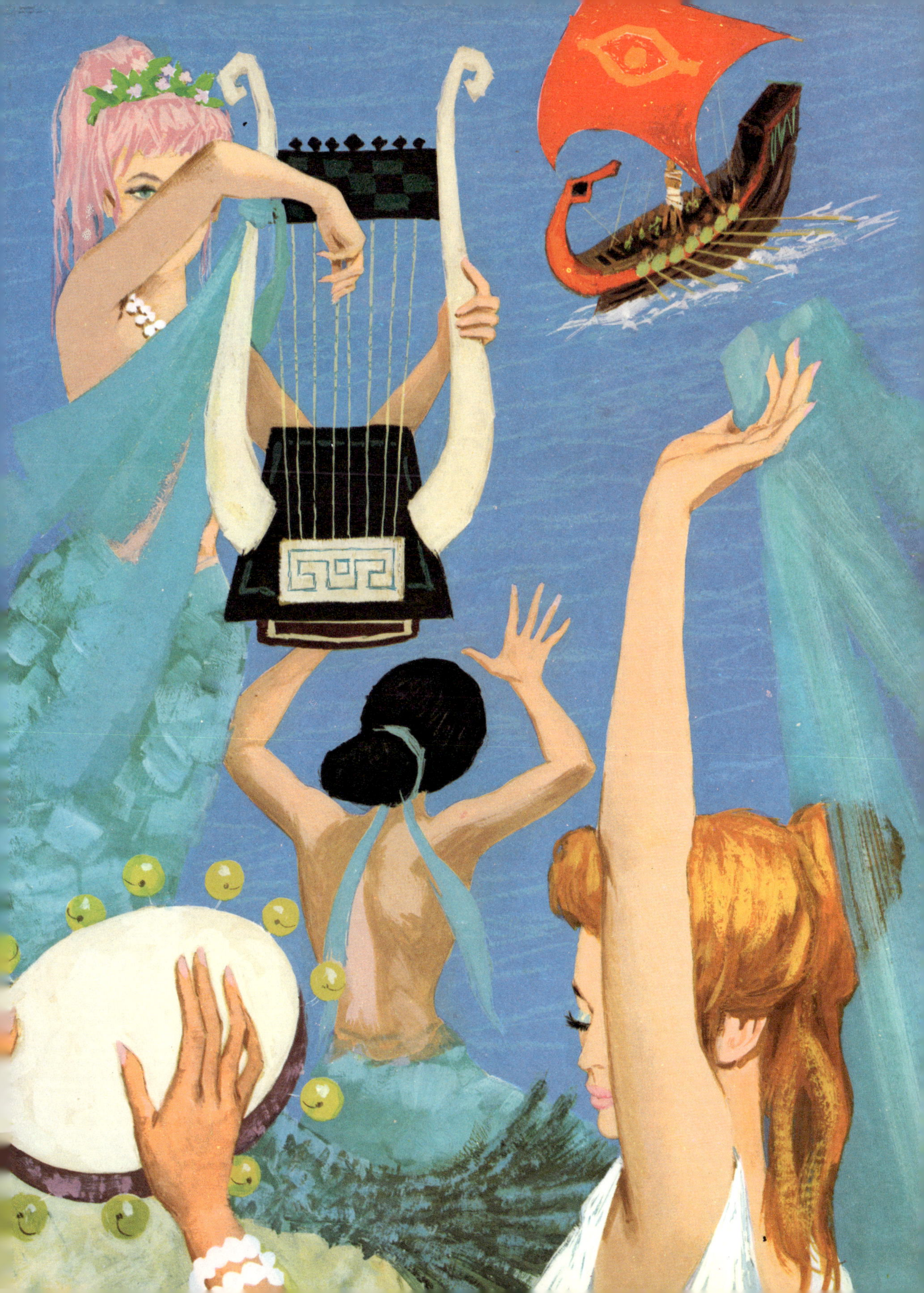

gnèrent leurs avirons et passèrent rapidement. Mais Ulysse, qui les écoutait, fut saisi par leur chant.

— Ulysse, disaient les Sirènes, arrête ton navire et viens avec nous. Nous sommes belles et bonnes, nous te charmerons par nos chants, et tu seras heureux à jamais.

Ces sons se répandaient sur la mer comme une douce musique: Ulysse fut ensorcelé.

— Déliez-moi! criait-il à ses compagnons. — Je veux débarquer dans la prairie des Sirènes, écouter leur chant, être heureux à jamais.

Et il tentait de défaire les nœuds des cordages, de se libérer. Ses compagnons pesaient de toutes leurs forces sur les rames et le navire volait sur la mer. Le chant des Sirènes allait s'affaiblissant et s'évanouit peu à peu dans les airs.

Alors on délia Ulysse, et ses compagnons enlevèrent la cire qui bouchait leurs oreilles: tous étaient heureux d'avoir échappé au danger. Et jetant un coup d'œil en arrière, il virent dans la belle prairie verte des Sirènes s'élever un monceau d'ossements humains, les restes pétrifiés des navigateurs qui, attirés par le chant fatal, avaient mis pied à terre, et n'étaient jamais revenus!...

# Charybde et Scylla

Mais un plus terrible péril attendait Ulysse et ses compagnons.

Au-delà de l'île des Sirènes, deux passages s'ouvraient aux voyageurs, difficiles tous deux: l'un hérissé de rocs et couvert de brumes éternelles, l'autre habité par des monstres infernaux.

On vit s'élever de la mer un épais brouillard, tandis que le tumulte énorme des flots frappait les oreilles. Les compagnons d'Ulysse frémirent d'épouvante: les avirons leur tombèrent des mains, et le navire s'arrêta.

Ils se trouvaient devant les Pierres errantes, hauts rochers escarpés qui montent jusqu'au ciel, toujours entourés de brume, de vent humide et de vagues orageuses. Jamais aucun navire n'avait pu franchir ce passage: tous avaient été entraînés par les flots et s'étaient brisés contre les rochers.

Mais le sage et habile Ulysse allait et venait sur le pont du navire, réconfortant ses hommes par des paroles amies.

— Faites-moi confiance, chers compagnons! Je vous ai tirés de la caverne de l'ogre Polyphème: je saurai bien vous tirer aussi de ce péril. Allons, rameurs, reprenez vos avirons, poussez avec force le navire sur les ondes. Et toi, timonier, tiens ferme la barre et guide le navire hors de la brume et de la tempête.

Encouragés par ces paroles, les marins obéirent. Le navire, poussé par l'effort des rameurs et bien dirigé par le robuste timonier, échappa aux Pierres errantes: et là où aucun navire n'avait jamais passé, le navire d'Ulysse passa.

Mais l'autre passage restait à franchir, habité par les monstres infernaux nommés Charybde et Scylla. Ulysse se garda d'annoncer à ses compagnons ce nouveau et plus terrible péril: ils se seraient

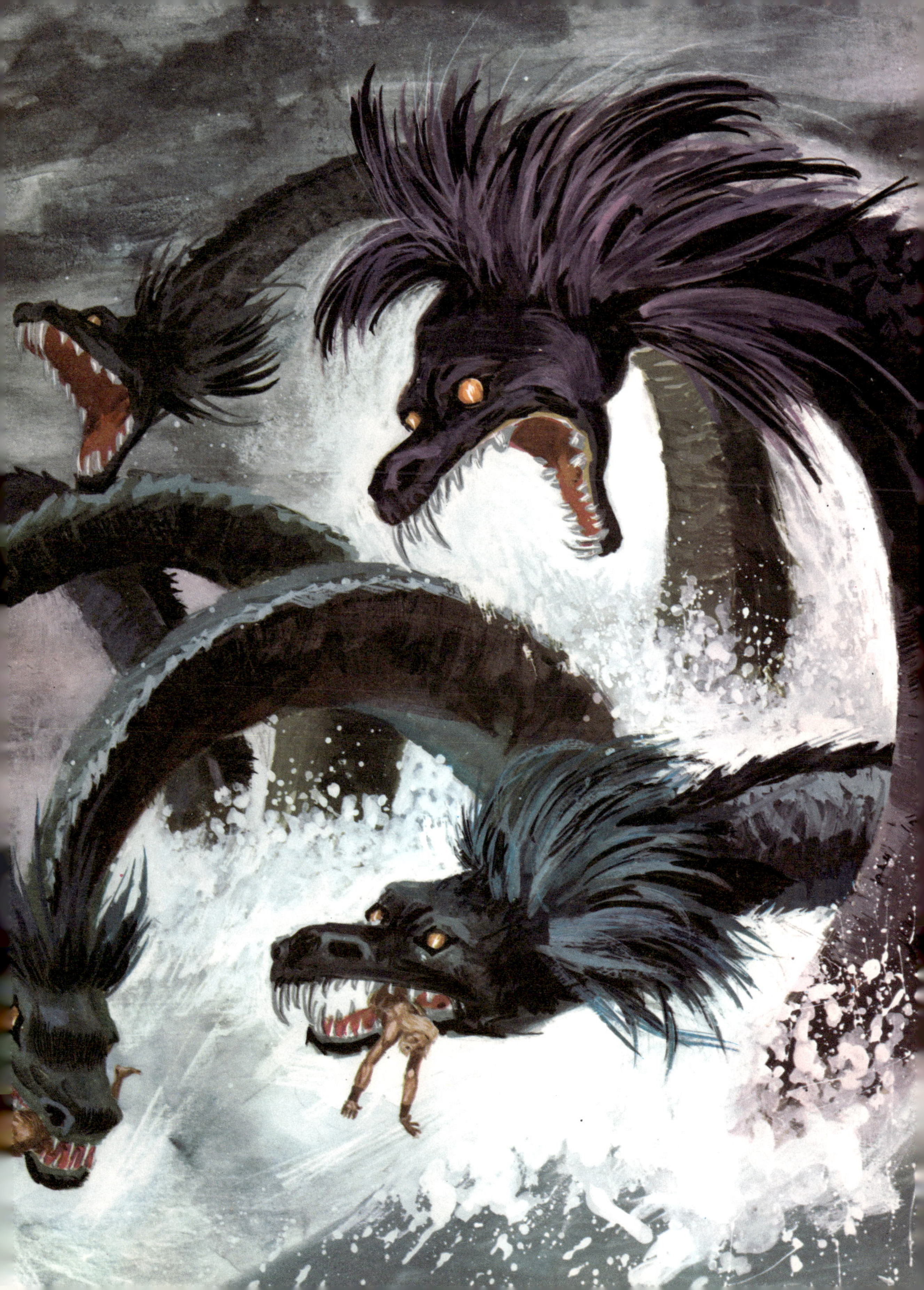

cachés au fond du navire, abandonnant la nef fragile à la merci des vagues et des monstres

Charybde et Scylla habitaient deux rochers, situés l'un en face de l'autre, sur les deux rives opposées de la mer. Scylla était un monstre hideux, haut comme une montagne : il avait six longs cous et six têtes horribles, avec six grandes gueules armées d'une triple rangée de dents. Il allongeait ses cous démesurés sur les ondes, et ses gueules grandes ouvertes étaient prêtes à dévorer tous ceux qui passeraient sur la mer. Charybde était moins féroce, mais n'en constituait pas moins un danger terrible, car son énorme bouche, trois fois par jour, absorbait, puis rejetait l'onde marine, avalant les navires en même temps que l'eau.

Jamais un navire n'était sorti indemne de ce fatal passage : ou bien, ayant échappé à Scylla, il avait succombé devant Charybde ; ou bien, ayant échappé à Charybde, il avait succombé devant Scylla !

La mer était, entre Charydbe et Scylla, étroite et tourbillonnante. Le navire d'Ulysse s'efforça d'éviter Charybde qui, engloutissant et rejetant les ondes, créait un énorme gouffre aux mugissements sourds. Les visages des marins étaient verts de peur. Alors qu'ils passaient, les yeux fixés sur Charybde, Scylla, de l'autre rive, allongea ses six bouches horribles et saisit dans ses mâchoires six des plus robustes compagnons d'Ulysse. Les infortunés poussèrent des cris déchirants, mais disparurent dans les gueules du monstre.

Les autres compagnons, tout tremblants, pesèrent avec force sur les rames afin d'échapper à ce terrible détroit. On eût dit que le navire avait des ailes. Ulysse, debout près du timonier, lui montrait du regard la bonne voie. Une minute, puis une autre minute : les deux monstres infernaux furent dépassés.

Accablés par leur dur effort et par la perte de leurs six compagnons, les voyageurs virent enfin surgir devant eux les plages riantes de l'île de Trinacrie.

# les bœufs du soleil

Elle était belle, la Trinacrie ! Chère aux Dieux, ils y répandaient la lumière et les doux zéphyrs : on y voyait des prairies d'un vert d'émeraude où paissaient en grand nombre des troupeaux florissants. On l'appelait l'île du Soleil.

Un troupeau de sept fois cinquante bœufs, et un troupeau égal de brebis, broutaient l'herbe suave des prairies, sous la garde de créatures charmantes de race divine.

Le navire d'Ulysse, échappé à grand-peine aux ombres mortelles des Pierres errantes et aux monstres infernaux Charybde et Scylla, passa devant cette île bienheureuse.

A la vue des beaux rivages, les pauvres voyageurs se réjouirent : ils oublièrent pour un moment les périls traversés et la perte de leurs six compagnons. Euryloque dit :

— Voyez cette belle île et ses paisibles troupeaux, toute dorée de soleil! Voyez-la se bercer mollement sur la mer tranquille! Approchons de ses rives. Reposons-nous de nos fatigues.

Tous applaudirent à ces paroles. Mais Ulysse ordonna le silence, et, d'une voix irritée, il interpella Euryloque:

— Tais-toi, Euryloque! Ne tiens pas de propos insensés!

Et il continua, tourné vers ses compagnons:

— Amis, la magicienne Circé, qui sait tout et connaît l'avenir, m'a ordonné de ne pas aborder dans cette île. C'est une île chère aux Dieux: aucun mortel ne doit y séjourner. Donc, prenez vos avirons et hâtons la marche du navire.

Tous se turent, sauf Euryloque, qui protesta:

— Tu es barbare, Ulysse, en nous interdisant d'entrer dans cette île! La nuit tombe déjà, et comment pourrions-nous continuer de voguer sur la mer, avec la menace d'autres vents hostiles, d'autres récifs, d'autres rochers habités par des monstres? Laisse-nous au moins passer la nuit; nous repartirons demain à l'aube.

Émus par les paroles d'Euryloque, tous les compagnons entourèrent Ulysse et le supplièrent:

— Permets-nous d'aborder à ce rivage, Ulysse! Nous avons soif, nous avons faim.

Ulysse était seul contre tous: il dut céder. Mais il imposa à ses compagnons un serment solennel:

— Jurez, dit-il, que vous ne toucherez pas aux troupeaux de l'île, que vous ne tuerez ni un bœuf ni une brebis.

— Nous le jurons! s'écrièrent-ils tous en chœur.

Ils abordèrent au port, préparèrent un repas sur la plage, mangèrent, burent, prièrent enfin pour leurs six compagnons engloutis par Scylla. Et la nuit venue, ils s'endormirent.

Il ne faisait pas encore jour, lorsqu'une furieuse tempête se déchaîna sur la mer. Les voyageurs s'éveillèrent, mirent à l'abri le navire, et se réfugièrent dans une vaste grotte. Ils attendirent la fin de l'orage pour reprendre la mer.

La tempête s'apaisa et le soleil réapparut, mais les vents ne cessèrent pas de gronder. Pendant un mois entier, on les entendit souffler et siffler sur la mer avec une telle rage que le navire d'Ulysse ne put quitter le port.

Les pauvres voyageurs durent manger et boire toutes les provisions que contenait le navire et qu'ils avaient reçues de Circé. Un beau jour il n'en resta plus rien. Ils commencèrent alors à souffrir de la faim.

Ulysse était au désespoir.

— N'oubliez pas votre serment, disait-il à ses compagnons. Ne touchez pas aux troupeaux, ne tuez ni un bœuf ni une brebis. Nourrissons-nous d'oiseaux et de poissons et attendons que le beau temps revienne.

Armés d'arcs et de flèches, les voyageurs erraient dans l'île: ils allaient sur la plage, armés d'un hameçon. Mais ni la chasse ni la pêche ne parvenaient à apaiser leur faim: ils devinrent bientôt maigres et pâles à faire pitié.

Et les vents, bien loin de se calmer, redoublaient de violence.

Un jour que la chasse et la pêche ne leur avaient offert qu'un maigre repas, Euryloque profita d'un moment où Ulysse s'était éloigné de la caverne pour parler à ses compagnons:

— Nous sommes en train de mourir lentement de faim, alors que tant d'animaux gras paissent tranquillement sous nos yeux. Pourquoi attendre? Tuons ces bœufs et ces brebis, rassasions-nous de leur chair. Si les Dieux s'irritent contre nous, nous les apaiserons par des sacrifices et des prières, et même s'ils nous ôtent la vie, mieux vaut une prompte mort qu'une mort prolongée.

Tous l'approuvèrent. Ils massacrèrent les bœufs magnifiques qui paissaient dans l'île du Soleil et qui étaient si chers aux Dieux.

Ulysse s'était endormi loin de la grotte. A son réveil, il sentit dans l'air comme une odeur de viande rissolée au feu. Il se leva plein de crainte et rejoignit ses compagnons qui faisaient cuire sur la braise de grands quartiers de bœuf.

— Ah, malheureux fous ! s'écria-t-il. — Qui nous sauvera maintenant de la colère des Dieux ?

Et il se jeta à terre, pleurant et priant, afin de conjurer la colère divine.

Mais ses compagnons ne paraissaient nullement émus de remords, ni conscients de leur méfait. Ils s'attablèrent et festoyèrent pendant six jours entiers.

A l'aube du septième jour, les vents se turent.

— A la mer ! A la mer ! crièrent les voyageurs.

Le soleil était éclatant, la mer bleue, la route sûre.

— Allons à Ithaque, à Ithaque ! cria Euryloque d'une voix joyeuse.

Et tous riaient, heureux, bien repus.

— Ithaque ! Ithaque ! Ithaque ! répétaient-ils en chœur.

Ils s'embarquèrent, déployèrent les voiles, se laissèrent pousser par les vents favorables. Ils chantaient et riaient comme des enfants, oublieux de l'offense faite aux Dieux, et sans penser à l'inévitable châtiment.

— Encore quelques jours, disait l'un, lissant sa barbe blanche, et nous verrons poindre là-bas la ligne bleue de notre Ithaque.

Un autre, d'âge vénérable, ajoutait :

— Notre navire touchera ce rivage aimé : nous descendrons et baiserons la terre natale ; et nous ferons serment de ne plus jamais l'abandonner.

Et un troisième, le plus vieux de tous, disait :

— Nous arriverons à nos maisons, nous nous assiérons à nos tables, entre nos parents, nos femmes et nos enfants. Et après une si longue absence, nous trouverons nos parents avec un pied dans la tombe, nos femmes pâles et sans espérance, nos fils d'âge mûr.

Et tous riaient et chantaient, pendant que le navire s'écartait de l'île Trinacrie, chère aux Dieux et dorée par le soleil.

Un peu à l'écart, Ulysse retenait ses larmes, le cœur accablé de sombres pensées.

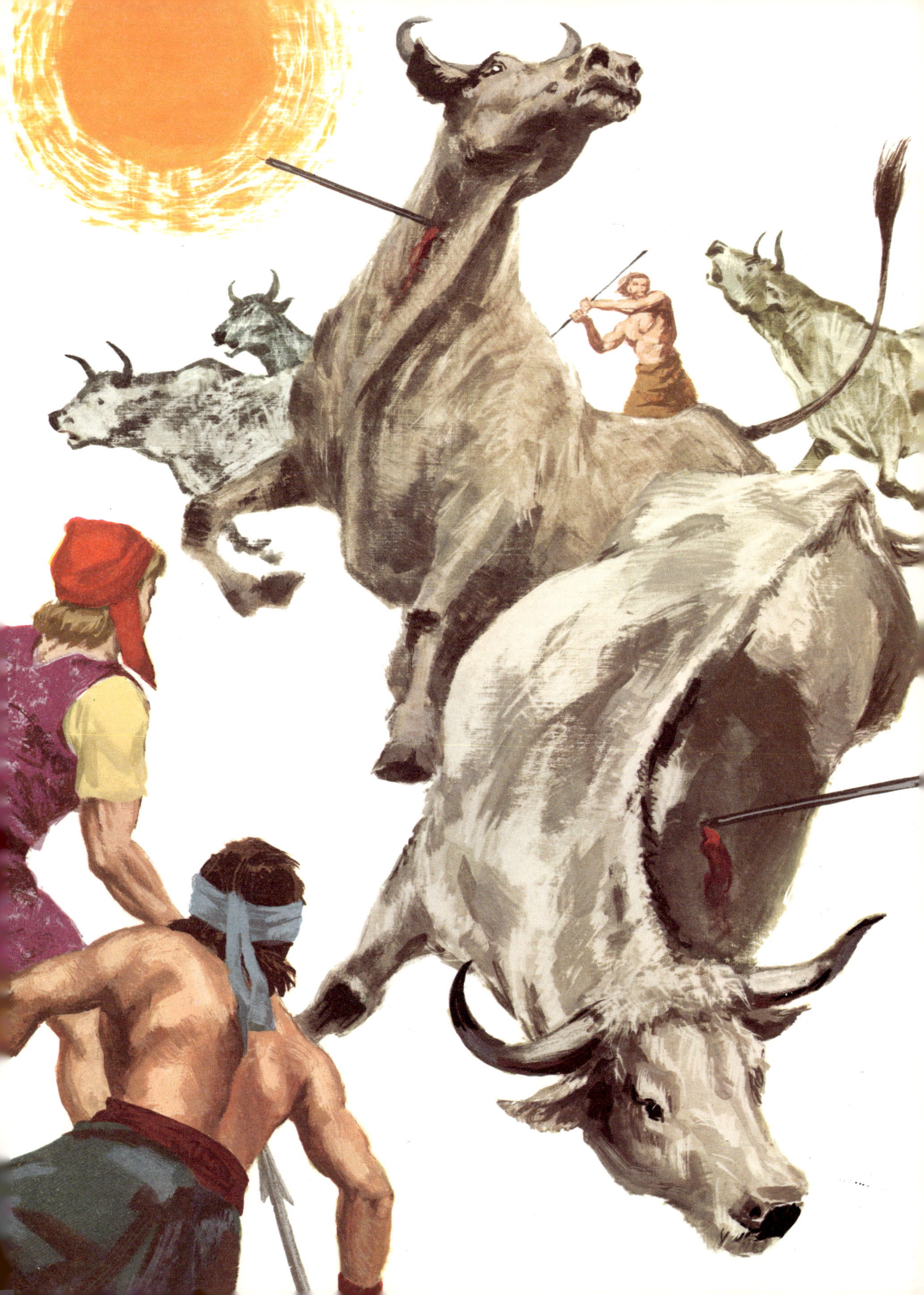

Et voici que, soudain, le soleil disparaît sous un nuage noir; un vent terrible secoue et soulève le navire, arrache les mâts, les haubans et les voiles. Le grand mât s'écroule sur la tête du timonier, et celui-ci tombe dans la mer. Le navire est en proie à l'ouragan.

Et alors Zeus, le Dieu vengeur, lance la foudre, et tous les compagnons d'Ulysse sont engloutis dans les ondes.

Le châtiment est venu.

La nef fragile et à demi brisée ne portait désormais plus qu'un seul homme: le roi d'Ithaque, Ulysse.

# VI

Comment Ulysse, après des souffrances infinies, fut accueilli par la nymphe Calypso, et aborda enfin à l'île des Phéaciens, où la belle Nausicaa le secourut.

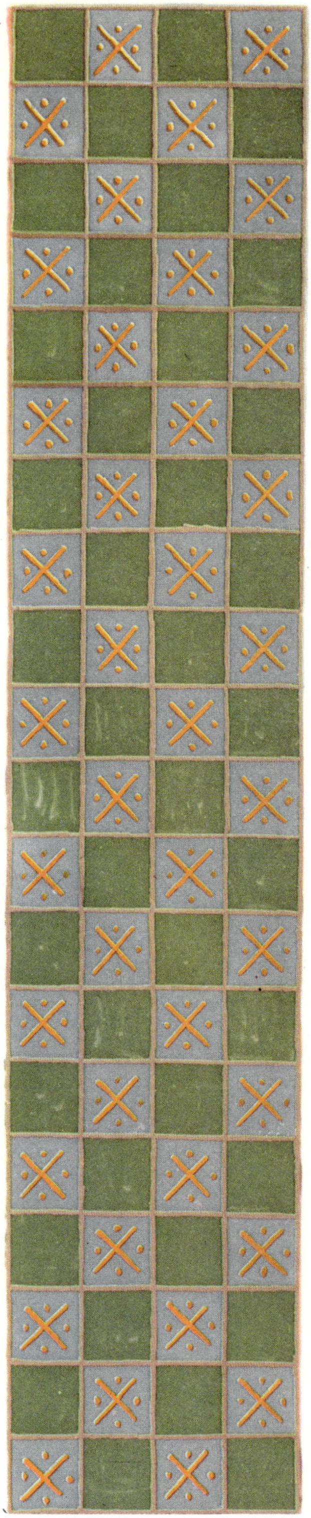

# la nymphe Calypso

Ulysse se trouve donc seul, dans la nuit obscure, avec son navire déchiré par la tempête, sur la mer sauvage.

Les vents furieux, les flots déchaînés se lancent à l'assaut du navire: une vague s'élève, haute comme la cime d'une montagne, puis s'écroule au fond des eaux, et la mer semble se refermer sur elle.

Les heures passent, mais le destin reste hostile. Ulysse est un homme de grandes ressources, mais comment vaincre la colère du ciel et de la mer?

Une grosse vague, plus violente que les autres, disloque son navire: il parvient à lier à la carène ce qui reste du mât et, sur ce bois flottant, se confie aux éléments déchaînés.

Un vent ennemi repousse Ulysse vers Charybde et Scylla. Il fait grand jour désormais: il voit nettement le monstre Charybde absorber dans sa bouche énorme toute l'eau de la mer, et avec l'eau, les restes de son navire. Alors il fait un grand saut et s'agrippe résolument au rocher sous lequel se trouve Charybde; caché entre les branches et le feuillage d'un figuier, il attend. Il attend que le monstre Charybde rejette l'eau qu'il a avalée et qu'il rejette avec l'eau les restes du navire.

Quelque temps s'écoule, et puis Charybde, ouvrant son énorme bouche, vomit l'eau qu'il a absorbée. On voit réapparaître le navire brisé: Ulysse descend de son figuier et reprend pied sur son bois flottant. Un vent très violent s'élève et le rejette loin de Scylla, l'autre monstre, dont les six gueules ouvertes s'apprêtaient à le dévorer.

Ainsi, pendant neuf jours, le misérable roi d'Ithaque, Ulysse, erra dans la tempête. Pendant la dixième nuit, ce qui restait du navire – quelques planches délabrées – va se briser contre les rochers de l'île d'Ogygie. Ulysse est projeté sur la terre nue où il demeure sans connaissance.

Peu à peu les vents se turent: les flots se calmèrent; et venant de la voûte azurée du ciel, le sourire du soleil se joua de nouveau sur l'île.

Mais qui habitait cette île? Elle appartenait à une nymphe blonde et bouclée, nommée Calypso.

Calypso habitait une mystérieuse grotte où brillait une lumière rose et incandescente, où les fleurs marines exhalaient leurs parfums, où mille objets précieux frappaient les regards. L'île était remplie de bois odorants, et l'on voyait s'étendre autour d'elle une vaste mer sans rivages.

L'île d'Ogygie, inconnue aux mortels, résidence de la divine Calypso, devint le nouvel asile d'Ulysse.

Infortuné roi! Il passait ses journées dans les larmes: il réclamait sa patrie Ithaque, son père, sa femme, son fils. Il était seul et désespéré, dans une île perdue au milieu de la mer, sans nourriture, sans vêtements, sans navire. Pourrait-il jamais repartir?... Non, il allait mourir là, sur la terre nue, en appelant son Ithaque et sa famille lointaine.

— O Dieux terribles, gémissait-il, faites-moi mourir ! J'ai suffisamment souffert et je suis si fatigué.

Ce gémissement fut entendu par la nymphe Calypso. Elle sortit de ses grottes, aperçut le naufragé, s'approcha de lui. Elle avait entendu parler d'Ulysse et connaissait son histoire : elle le reconnut et l'appela par son nom.

— Lève-toi, Ulysse ! Viens avec moi : je te donnerai des vêtements et de la nourriture.

Ulysse la regarda, et comprit tout de suite qu'il avait affaire à une créature divine. Il se mit immédiatement debout et joignit des mains suppliantes :

— Noble reine, dit-il, je t'honorerai jusqu'à la fin de mes jours : mais donne-moi, je t'en conjure, un autre navire, afin que je puisse reprendre la mer et retrouver ma patrie perdue.

La nymphe blonde et bouclée ne répondit pas tout de suite. Elle regarda attentivement Ulysse, et il lui plut.

— Tu es beau, dit-elle, et tu me plais. Reste avec moi. Je te rendrai heureux.

Elle le mena dans l'une de ses demeures souterraines, le revêtit d'habits précieux, le restaura avec des mets choisis.

— Es-tu content ? lui demanda-t-elle ensuite. — Veux-tu rester avec moi ? Nous nous marierons ; tu deviendras mon mari et je serai ta femme : je suis une déesse et mon nom est Calypso.

— Je te remercie, belle et puissante Calypso, répondit Ulysse, mais j'ai ma femme à Ithaque et je l'aime : je voudrais pouvoir vivre de nouveau avec elle, avec mon père et mon fils.

Calypso continuait de l'implorer :

— Reste avec moi, Ulysse ! Je suis belle et bonne, riche et puissante, et je me sens si seule dans cette île. Nous serons heureux, tu verras : nous ne vieillirons pas et nous ne mourrons jamais. Nous resterons toujours tels que nous sommes aujourd'hui : agiles et robustes. Acceptes-tu ?

Mais Ulysse ne cédait pas aux prières de Calypso. Il demeurait tout le jour sur le rivage de la mer, pleurant et regardant les ondes. Il appelait sa patrie et sa famille, lointaines et perdues.

— Donne-moi un navire, laisse-moi partir, Calypso ! Ne me garde pas prisonnier : sois aussi généreuse que tu es belle.

Mais Calypso ne le laissait pas partir.

— Aime-moi, Ulysse, et épouse-moi ! Tu me plais et je t'aime.

Et les jours succédèrent aux jours, les mois aux mois, les années aux années. Sept longues années passèrent ainsi. Calypso, chaque jour, accablait Ulysse de dons merveilleux, afin de s'en faire aimer, mais Ulysse ne cessait de pleurer et de penser au départ.

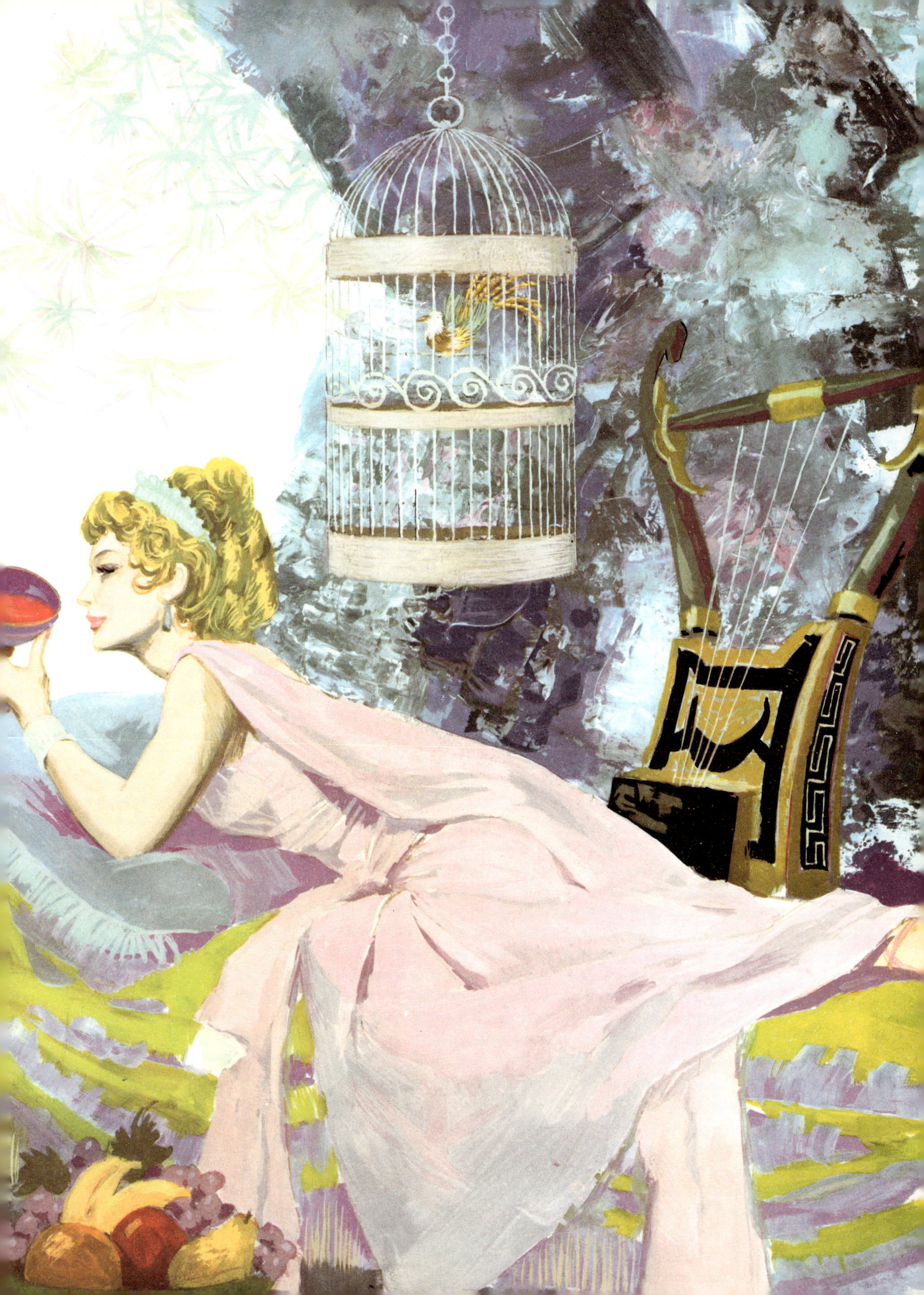

La septième année s'écoula. Un matin, Calypso dit à Ulysse :

— Tu passes dans les pleurs tes plus belles années. Essuie tes larmes : je ne veux pas te voir mourir de chagrin. Si tu veux partir, pars ! Je ne te retiens plus.

— Tu ne me retiens plus ? fit Ulysse, le cœur rempli de joie, bien qu'encore un peu méfiant. — Je te remercie, ô ma reine ! Mais comment pourrais-je partir si je n'ai pas de navire ?

— Je t'en procurerai un, répondit Calypso. — Va dans la forêt, coupe des arbres, et avec leurs troncs construis un radeau. Tu pourras ainsi partir sur la mer.

A ces paroles, Ulysse devint pâle ; des larmes coulèrent de nouveau sur ses joues. Il gémit :

— Ah, Calypso, tu veux te venger ! Avec un simple radeau, m'aventurer sur la mer sauvage ! Je ferai naufrage et je mourrai comme tous mes malheureux compagnons.

Calypso le réconforta :

— Je te jure que je ne veux pas me venger de toi, mais au contraire t'aider, afin que tu puisses retrouver ta chère Ithaque.

Alors Ulysse se rendit dans la forêt, armé d'une grande cognée ; il abattit vingt arbres, nettoya et polit leurs troncs, les égalisa, les réunit en un ensemble solide et en fit un vaste radeau. Après quatre jours de travail, le radeau, en forme de navire, était terminé. Ulysse prit congé de la Déesse. Calypso mit dans le radeau des vivres en abondance, de riches vêtements, des dons précieux. Au moment où Ulysse prenait place sur le radeau, elle le salua par ces paroles :

— Adieu, Ulysse. Va retrouver ta femme, sois heureux avec elle. Mais souviens-toi de moi qui t'aimerai toujours et ne t'oublierai jamais.

— Merci, bonne et puissante Calypso, répondit, ému, le roi d'Ithaque ; tu resteras pour moi le plus doux souvenir de mon long et pénible voyage. Adieu !

Il déploya les voiles, saisit les avirons, et s'éloigna rapidement. Il était seul, de nouveau, sur la vaste mer.

# la dernière étape

Il vogue, il vogue sur la mer, poussé par un vent favorable. Il abandonne les avirons, s'assied au gouvernail, dirige avec art la marche du radeau. Autour de lui, la mer calme est blanche d'écume, le ciel serein. Le roi navigateur contemple la constellation des marins, la Pléiade de sept astres, qui descend à l'horizon et se plonge dans la mer. Son âme est tranquille. Il vogue vers son Ithaque.

Tous ses chers compagnons sont morts: il rentre seul. Il revit dans sa pensée les nombreux périls traversés depuis l'époque lointaine où il était parti de Troie en flammes, accompagné de tous ses navires. Mais ces navires ont tous disparu, engloutis par les flots. Il rentre sur un radeau. Il pleure ses amis morts, ses navires perdus. Malgré tout son âme est calme, car son long, difficile, périlleux voyage de tant d'années va prendre fin.

8. - MONICELLI. *Le voyage d'Ulysse.*

Et Ulysse vogue sur la mer tranquille, nuit et jour, jour et nuit. Il ne dort pas, mange juste ce qu'il faut pour se soutenir : assis au gouvernail, il dirige la marche du radeau.

Dix-sept jours ont passé ainsi. Le dix-huitième, il voit surgir devant lui, à l'horizon, une île aux monts ombragés. Ce n'est pas encore Ithaque, non : c'est l'île des Phéaciens, la dernière étape avant le retour.

Le cœur rempli de joie, Ulysse se dirige vers cette terre. Mais, hélas, ses épreuves ne sont pas encore terminées. Un Dieu ennemi, Poséidon, père du terrible Polyphème et qui veut venger son fils, lance contre lui un vent terrible, Aquilon, l'agitateur des ondes. En un instant, des nuages lourds de tempête bondissent dans le ciel : l'horizon se couvre d'une nuit noire, effrayante. Aquilon se déchaîne alors sur la mer et la bouleverse. Une énorme vague se jette sur le radeau d'Ulysse et le fait tournoyer deux fois sur lui-même : le gouvernail, le mât, la vergue sont brisés. Ulysse est précipité dans les flots.

Accablé par le poids des vagues qui roulent au-dessus de sa tête, Ulysse est gêné aussi par ses riches vêtements — cadeau de Calypso — qui, tout trempés d'eau, l'entraînent vers le fond de la mer. Il a grand-peine à se maintenir à la surface, avale l'eau salée par le nez, par la bouche, court le risque de mourir étouffé. Il parvient enfin à tenir sa tête hors de l'eau, et voyant non loin de lui son radeau, il s'élance, le saisit, s'y réinstalle : il est sauvé.

Sauvé ? Pas encore ! Comme un fétu, le radeau est battu par les vagues : les planches se disjoignent, l'eau y pénètre de toutes parts ; et la tempête fait rage. Ulysse se demande s'il doit rester sur son radeau ou se jeter à la nage : d'une manière ou d'une autre, sa vie est perdue.

Non, elle n'est pas perdue, car une Déesse bienfaisante nommée Leucothée vient à son secours.

— Roi d'Ithaque, Ulysse, lui crie-t-elle dans le bruit furieux de l'orage, ôte tes vêtements, jette-toi nu dans la mer, et nage jusqu'à l'île des Phéaciens. Voici une écharpe que tu enrouleras autour de ta poitrine: elle te maintiendra à la surface.

Elle lui tend l'écharpe, et disparaît.

Ulysse réfléchissait encore aux paroles de la bonne Leucothée, quand une nouvelle et violente vague s'abat en mugissant sur son radeau, qui vole en éclats: les planches disjointes se dispersent. A califourchon sur l'une d'entre elles, l'écharpe de la déesse enroulée autour de sa poitrine, Ulysse se jette à la mer.

Il se maintient à la surface, fend les ondes, avance lentement, mais fermement, vers l'île des Phéaciens. Peu à peu la tempête s'apaise. Déjà Ulysse, nageur robuste, se rapproche de la terre amie. Il s'aperçoit alors avec terreur qu'il n'y a ni port ni plage: tout le rivage est hérissé de rocs et de rochers.

Pendant deux jours et deux nuits, il nage en côtoyant le bord, dans l'espoir de trouver un endroit moins escarpé; mais en vain. Il ne sait comment aborder dans l'île. Autour de lui, les vagues s'enflent et se brisent avec fracas contre les rochers. Ulysse se dit: « Je me laisserai porter par une vague, qui me soulèvera très haut au-dessus des rochers et me déposera sur le sol de l'île. »

Il se confie donc à une grosse vague, qui le prend, le berce, le lance contre un rocher, auquel Ulysse s'agrippe des deux mains. Mais la vague revient, le saisit de nouveau, l'arrache du rocher et le rejette dans la mer.

Ulysse sent la force et le courage le quitter. Combien de temps continuera-t-il à tourner autour de l'île sans pouvoir y aborder? Or, voici que peu à peu les vagues se font moins fortes; elles ne se brisent plus contre les rocs, mais les caressent doucement. Ulysse reprend courage. Il nage avec vigueur, et voit surgir l'embouchure d'un fleuve aux eaux argentées, formant une douce plage. Encore un dernier effort, et Ulysse se trouve enfin dans l'île des Phéaciens.

Il touche la terre et la baise à genoux. Et tout aussitôt il s'écroule, brisé de fatigue. L'eau salée qu'il a avalée lui sort du nez et de la bouche. La nuit tombe: ses paupières sont lourdes de sommeil.

« Où pourrai-je aller dormir, se dit-il, nu comme je suis? »

Un bois se trouve non loin de là: Ulysse y pénètre. Il s'enfonce dans un buisson à l'épais feuillage, se fait un lit de feuilles et s'y étend, puis se couvre avec d'autres feuilles. Quel vaste silence! Il ferme les yeux et s'endort.

# la belle Nausicaa

Nausicaa était la fille d'Alcinoos, roi des Phéaciens. Jeune vierge au cœur pur et à l'aimable visage, elle faisait l'orgueil de son illustre père et de sa mère, la reine Arété. Elle avait cinq frères d'une grande beauté: deux étaient mariés déjà, trois autres étaient encore enfants; tous vivaient dans l'amour et la concorde, pleins de respect pour Alcinoos. Et tous les Phéaciens, gouvernés par un roi sage, dont l'intelligence égalait celle d'un Dieu, coulaient des jours heureux et s'adonnaient au commerce maritime, à l'aide d'un grand nombre de navires aux belles voiles.

Nausicaa s'éveilla en même temps que l'aurore couleur de rose; elle s'habilla en un clin d'œil et alla trouver son père. Elle le rencontra au moment où il sortait du palais royal pour se rendre au Grand Conseil, où se réunissaient les chefs du peuple afin de discuter des affaires de l'État.

— Mon cher père, dit-elle, permets-moi d'aller au bord du fleuve, avec mes suivantes, afin d'y laver nos vêtements. Fais-moi préparer le grand char, pour que j'y mette tes habits, ceux de ma mère, de mes frères et les miens. Je serai de retour avant le coucher du soleil. M'y autorises-tu, père ?

Le roi Alcinoos embrassa sa fille et ordonna à ses serviteurs de préparer le char avec les mules. En même temps Nausicaa appelait ses suivantes à travers tout le palais ; elle courut ensuite chez sa mère et lui dit qu'elle s'en allait laver au bord du fleuve. La bonne reine Arété fit mettre sur le char un grand panier rempli de nourriture et une outre pleine de vin. Les suivantes apportèrent une grande quantité de vêtements. Quand tout fut prêt, Nausicaa saisit les rênes et le grand char s'ébranla, se dirigeant vers le fleuve.

Arrivées au bord du fleuve aux eaux brillantes, les jeunes filles détachèrent les mules et les envoyèrent brouter l'herbe fraîche des champs ; elles prirent les vêtements, et après les avoir lavés dans l'eau du fleuve, elles les firent sécher au soleil. Le travail fini, elles se baignèrent dans l'onde claire ; puis, assises sur le rivage, elles se mirent à manger et à boire l'excellent repas préparé par la reine. La belle Nausicaa organisa ensuite une partie de ballon, leur jeu favori, qu'elles accompagnaient de chants.

La balle volait des mains d'une jeune fille aux mains d'une autre, parmi les chansons et les rires. Soudain l'une des jeunes filles, moins adroite que ses compagnes, laissa tomber la balle dans le fleuve. Toutes poussèrent de grands cris, et leurs cris réveillèrent Ulysse.

Ulysse dormait au plus épais du bois, non loin du fleuve. Aux cris des jeunes filles, il se mit debout.

« D'où viennent ces voix ? » se demanda-t-il. « On dirait des jeunes filles. Je veux les voir et leur parler. »

Il était nu, mais cela ne l'embarrassa point. Il ceignit autour de ses flancs une branche à l'épais feuillage et se dirigea vers la rive du fleuve.

— Jeunes filles, appela-t-il, belles jeunes filles....

A la vue de cet homme à moitié nu qui sortait soudain du bois, les suivantes, saisies de frayeur, s'enfuirent. Seule Nausicaa eut le courage de rester: tournée vers l'inconnu, elle questionna:

— Qui es-tu et que veux-tu?

Ulysse la regarda et comprit tout de suite, à la fierté de son attitude, à la beauté de son visage, qu'elle était de sang royal.

— Fille de roi, dit-il, belle entre les belles, écoute-moi. Je suis un malheureux voyageur que la mer depuis trop longtemps persécute et tourmente. Une tempête m'a jeté sur ce rivage inconnu. Aie pitié de moi, jeune fille! Donne-moi un vêtement dont je puisse me couvrir, et montre-moi la route de la ville et du palais royal.

— Étranger, répondit Nausicaa, tu n'es pas, je le vois à ton langage, le premier venu: c'est pourquoi je te donnerai des vêtements et je te montrerai la route. Je suis la fille d'Alcinoos, roi des Phéaciens, et cette île que tu vois est notre royaume de Phéacie. Prends courage: mon illustre père et mon excellente mère te feront bon accueil.

Ayant ainsi parlé, elle appela ses suivantes et leur ordonna:

— Donnez une tunique et un manteau à cet étranger, et préparez-lui un bon repas.

Les suivantes revêtirent Ulysse d'un beau vêtement royal; elles lui offrirent des aliments savoureux et du vin doux. Il mangea, but, et attendit que la belle Nausicaa lui montrât le chemin.

— Me voilà prêt, fille de roi, dit-il.

Nausicaa regarda Ulysse revêtu de la tunique et du manteau et poussa un cri d'étonnement.

— Toi aussi, étranger, s'écria-t-elle, tu es de sang royal, si j'en crois l'éclat de ton visage et la dignité de ton maintien.

Ulysse garda le silence et Nausicaa poursuivit:

— Étranger, écoute-moi: mes suivantes attellent les mules et déposent sur le char les vêtements lavés. Ce char nous transportera jusqu'à la ville et jusqu'au palais du roi mon père. Tu nous suivras à pied, mais garde-toi d'entrer avec nous par les grandes portes:

il serait peu convenable qu'un inconnu soit vu en ma compagnie. Tu attendras que nous soyons entrées, et tu demanderas à voir le roi et la reine. Je te le redis, tu seras accueilli comme un hôte illustre.

Ayant ainsi parlé, elle saisit les rênes, fouetta les mules; et le grand char s'ébranla, se dirigeant vers la ville.

Ulysse suivit à pied, à quelque distance, le cœur rempli d'espoir.

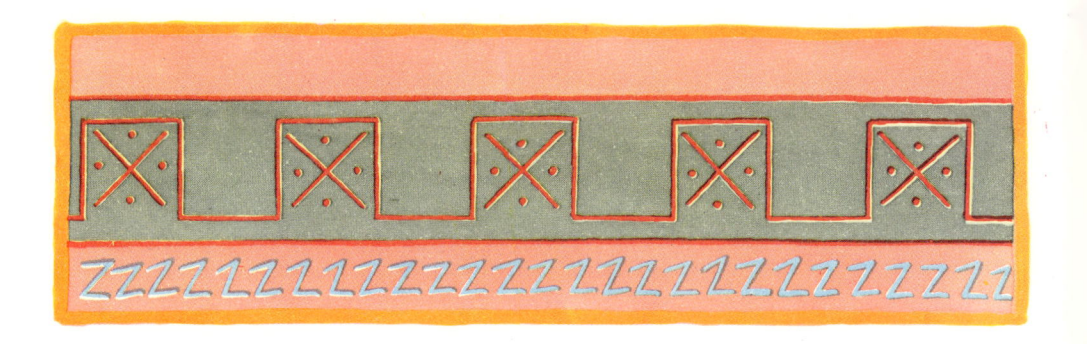

# VII

Comment le roi d'Ithaque, Ulysse, après tant d'années de voyage et tant de périls traversés, revint dans sa patrie et fut reconnu par son vieux chien Argos.

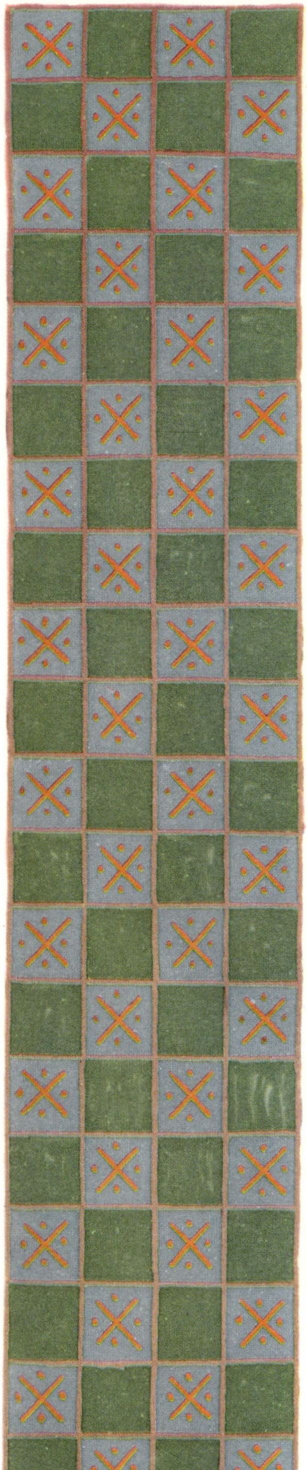

# le palais d'Alcinoos

Nausicaa traversa la ville et entra dans le palais de son père. Ses cinq frères la saluèrent et dételèrent les mules, tandis que les suivantes s'empressaient de mettre en ordre les vêtements lavés. Nausicaa monta dans sa chambre où une vieille servante lui avait préparé son repas du soir, et elle s'accorda un repos bien gagné.

Cependant Ulysse arrivait aux portes de la ville des Phéaciens, capitale de l'île nommée Schérie. La déesse Athéna, qui le protégeait, l'enveloppa d'un épais nuage, pour qu'aucun des Phéaciens ne pût le voir, lui demander son nom, savoir où il allait. Caché à tous les yeux, il se dirigea vers le palais royal, et il admirait chemin faisant la ville magnifique, son port fortifié, ses rues et ses vastes places. Il poussa un cri d'étonnement devant le palais royal: il n'avait encore jamais vu un aussi somptueux édifice.

La demeure d'Alcinoos était d'une splendeur telle qu'elle paraissait habitée par le Soleil ou par la Lune: les portes étaient d'or, les montants et les architraves d'argent, les parois de cuivre brillant, et deux chiens, l'un d'or et l'autre d'argent, montaient la garde. Les salles, hautes et spacieuses comme des temples, avaient des sièges en bois précieux recouverts de voiles de fine étoffe; elles étaient éclairées la nuit par des lampadaires d'or. Cinquante servantes, habiles aux travaux domestiques, travaillaient chez Alcinoos.

Mais la merveille des merveilles était le vaste jardin attenant au palais. Là poussaient de grands arbres, poiriers, grenadiers, pommiers aux doux fruits, figuiers et oliviers verdoyants. On y admirait en toute saison les fleurs les plus belles, et l'on y voyait enfin deux fontaines, dont l'une serpentait à travers le jardin, et l'autre jaillissait sous le seuil de la cour, devant le palais. Les jardins d'Alcinoos étaient célèbres dans le monde entier.

Après avoir admiré longuement ces merveilles, Ulysse franchit le seuil de la demeure royale. Il entra dans la grande salle où se tenaient le roi, la reine Arété, et les principaux chefs des Phéaciens. Ulysse alla droit à la reine et se jeta à ses genoux. Personne ne l'avait vu entrer, à cause de l'épais nuage qui l'enveloppait: mais ce nuage se dissipa soudain et le roi d'Ithaque apparut à tous les yeux. L'étonnement fut grand, ainsi que le désir de connaître l'inconnu.

— Grande reine, dit alors Ulysse, je viens de très loin et j'ai souffert des maux infinis. La fortune a voulu que j'aborde à cette île, seul, isolé, sans vêtements, sans navire. Je t'en conjure: fais en sorte que je revoie ma patrie, ma maison, ma famille. Sois bonne, grande reine, et les Dieux te récompenseront.

Tous avaient écouté en silence les paroles de l'étranger: la reine remarqua qu'il portait une tunique et un manteau d'Alcinoos.

— Comment se fait-il, étranger, dit-elle, que tu portes les vêtements du roi mon époux?

— C'est ta fille qui, m'ayant vu et secouru la première, m'a donné les vêtements de son père et m'a indiqué le chemin du palais. Sois bonne, grande reine, comme ta fille l'a été.

Puis Ulysse alla s'asseoir près du feu, sur la cendre répandue près du foyer.

Alors le roi Alcinoos, quittant son trône étincelant, prit la parole:

— Qui que tu sois, étranger, dieu ou homme mortel, ne reste pas sur cette cendre, mais prends place sur un siège de bois précieux. Et vous, servantes, apportez-lui de quoi se restaurer.

Ulysse remercia et s'assit sur un siège aux clous d'or, puis il mangea et but.

Lorsqu'il se fut restauré, Alcinoos lui adressa de nouveau la parole.

— Qui es-tu? D'où viens-tu et où vas-tu?

Se levant de son siège doré, Ulysse répondit:

— Puissant roi, tu sauras tout de moi: je te dirai mon long voyage et mes souffrances. Mais promets-moi d'abord que tu me donneras des hommes et des navires pour rentrer dans ma patrie.

— Je te le promets, mon hôte! répondit Alcinoos. — La promesse d'un roi est sacrée: parle donc avec confiance.

Le roi, la reine, les principaux chefs réunis au palais, tous firent silence pour écouter l'étranger.

— Je suis le roi d'Ithaque, Ulysse, commença-t-il, l'un des vainqueurs de Troie....

A ces mots, Alcinoos, Arété et tous les chefs se levèrent pour faire honneur à leur hôte, et ils crièrent d'une seule voix: Vive Ulysse!

Puis ils se rassirent: ils avaient hâte d'entendre les aventures d'un héros que sa valeur et ses infortunes avaient rendu célèbre.

Au bruit des applaudissements, la belle Nausicaa était accourue dans la salle du trône, suivie de ses cinq frères.

Quand tous eurent pris place, silencieux et attentifs, Ulysse commença le récit de son voyage que nous connaissons déjà. Il parla, sans fatigue, pendant plusieurs heures. Quand il se tut enfin, personne n'osa prononcer un seul mot, si grande était l'émotion qui les étreignait.

Après un long silence, Alcinoos descendit de son trône et serra dans ses bras le roi d'Ithaque.

— Prends courage ! dit-il. — Tes épreuves sont finies. Je vais donner l'ordre de préparer un navire pourvu de rameurs habiles. Avec ce navire tu pourras retourner à Ithaque: ton long et triste voyage aura pris fin.

Tous applaudirent. Ulysse ne put parler: il inclina la tête et pleura. Une grande joie ne fait-elle pas pleurer aussi bien qu'une grande souffrance ?

# Ulysse arrive à Ithaque

Ulysse fut conduit jusqu'au port; on le fit monter sur un navire muni de cinquante avirons et rapide comme le vent. Des dons en grand nombre y furent déposés. Le roi d'Ithaque prit congé du roi Alcinoos, de la reine Arété, de la belle Nausicaa, de ses frères et de tous les Phéaciens. Le navire quitta le port, bondit sur la mer, s'éloigna, disparut. Allongé à la poupe, sur de molles étoffes, Ulysse ferma les yeux et s'endormit d'un sommeil profond, semblable à la mort.

Les robustes marins phéaciens connaissaient toutes les routes de la mer: ils se dirigèrent vers Ithaque. On la vit surgir à l'horizon, bleue et lointaine. Lorsqu'ils furent près de la plage, les marins sautèrent à terre; ils saisirent Ulysse, toujours profondément endormi, et le déposèrent sur l'herbe du rivage; ils placèrent près de lui les riches dons offerts par Alcinoos, puis ils remontèrent sur leur navire et s'éloignèrent rapidement.

Ulysse dormait, étendu sur le sol de sa patrie: mais il ne le savait pas. Chère, chère Ithaque! Il rêvait de son île si belle, il la revoyait avec les yeux du désir, telle qu'il l'avait quittée il y avait tant, tant d'années. Et dans son douloureux sommeil, il lui semblait être en pleine mer; il allait, allait toujours et n'arrivait jamais. Il se réveilla, se mit debout, regarda autour de lui, aperçut les riches présents déposés à ses pieds, regarda le vert paysage: et il ne reconnut pas son Ithaque et sa Mer Ionienne. Trop de choses avaient changé au cours de tant d'années.

Alors Ulysse se laissa aller au désespoir.

— Me voici seul de nouveau, se lamentait-il, sans navire,

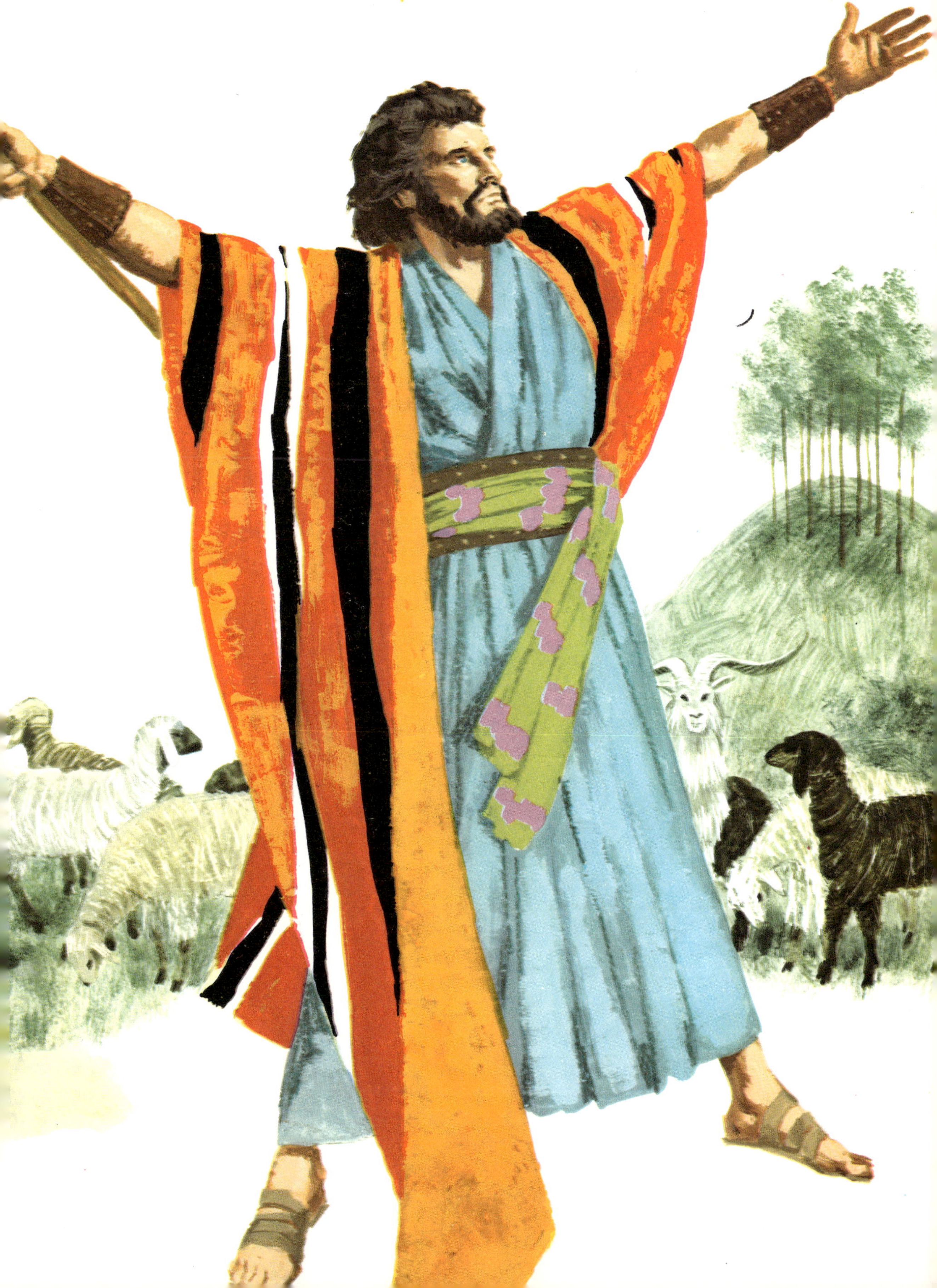

sur une terre inconnue. Où aller? Qui sont les habitants de ces lieux? Les Phéaciens aussi m'ont trahi. Que les justes Dieux les punissent!

Soudain un jeune pâtre se montra à lui.

— Beau jeune homme, demanda Ulysse, quelle est cette terre? Une île ou un continent? Et quel est son nom?

Le petit pâtre répondit:

— Ithaque.

Ulysse frémit au-dedans de lui-même, mais il contint le cri de joie qui lui montait aux lèvres. Il balbutia comme un enfant:

— Ithaque? Ithaque?

— Ithaque, confirma simplement le jeune garçon.

Alors Ulysse regarda autour de lui, d'un œil maintenant lucide, et il reconnut enfin son île, sa patrie tant désirée. Il vit le port où il avait débarqué, l'olivier touffu qui le surplombe: il vit la cavité fraîche aux eaux murmurantes où il se reposait autrefois; la haute montagne couverte de bois verdoyants; il vit tout et reconnut tout. Il se laissa tomber à terre et étendit les bras, comme pour serrer sa patrie sur son cœur: il baisa avidement le sol natal.

— Ithaque, Ithaque, je t'ai enfin retrouvée! disait-il en pleurant de joie. — Que les Dieux soient loués.

# le vieux chien Argos

Mais la douceur infinie du retour lui fut rendue amère par la pensée de sa famille, dont il n'avait plus de nouvelles depuis tant d'années. Qu'étaient devenus son vieux père Laërte, sa femme Pénélope, son fils Télémaque? Étaient-ils vivants ou morts? Ou bien erraient-ils dispersés dans le monde?

Alors qu'Ulysse agitait dans son esprit ces tristes pensées, il vit apparaître devant lui une femme aux yeux pers, au maintien noble, au sourire bienveillant: c'était la déesse **Athéna**.

— Roi de cette île, lui dit-elle, pendant ta longue absence, bien des choses se sont passées à Ithaque. Ton père, ta femme, ton fils sont vivants: ils ne t'ont pas oublié et espèrent te revoir. Mais il faut que tu saches que des hommes importuns et avides occupent ton palais: ce sont les prétendants à la main de ta femme. Ils te disent mort; ils égorgent et dévorent tes bœufs et tes brebis, boivent tes vins, commandent à tes serviteurs. Chacun d'eux voudrait épouser ta femme, la sage Pénélope, afin de prendre ta place de roi et d'époux.

Enflammé de colère, Ulysse saisit sa lance:

— Je tuerai tous ces vils prétendants. Je ferai un tel carnage que ma maison sera rouge de sang.

La déesse poursuivit:

— Calme-toi, Ulysse, et écoute mon conseil. Si tu entres dans ton palais pour en chasser les prétendants, ceux-ci, qui sont nombreux, s'uniront tous contre toi, et tu auras le dessous. Je vais te donner l'apparence d'un vieux mendiant: personne ne te reconnaîtra, et tu pourras préparer tranquillement ta vengeance. Qu'en dis-tu?

Ulysse se rangea à l'avis de la déesse. Athéna le toucha de sa baguette magique, et Ulysse prit l'aspect d'un vieillard courbé, aux cheveux blancs et à la peau ridée. Il reçut de la déesse un manteau tout troué, une vulgaire besace et un bâton noueux.

— Va, lui dit-elle, et présente-toi d'abord à ton serviteur, le porcher Eumée. Tu prépareras, avec son aide, ta vengeance contre les prétendants.

Ayant ainsi parlé, la déesse aux yeux pers disparut.

Alors Ulysse mit à l'abri, dans la grotte voisine, les précieux objets donnés par Alcinoos. Puis, méconnaissable aux yeux de tous, il se rendit chez Eumée.

Eumée habitait une vaste maison entourée d'une clôture, au sommet d'une colline solitaire. L'étable attenant à la maison contenait un nombreux troupeau de porcs. Quatre puissants chiens de garde veillaient sur la maison et l'étable.

Dès qu'Ulysse, déguisé en vieux mendiant, se fut approché de la maison, les quatre terribles chiens se jetèrent sur lui, gueules ouvertes. L'astucieux Ulysse s'accroupit par terre pour les étonner et les apaiser; au même moment, Eumée, sortant de l'enclos, rappela les chiens qui se calmèrent et salua le pauvre mendiant.

Le vieux serviteur n'avait pas reconnu son ancien maître.

— Entre, ami mendiant, lui dit-il; tu auras chez moi à manger et à boire.

Ulysse entra dans l'enclos, puis dans la maison. Il regarda en passant les beaux troupeaux florissants qui lui appartenaient; mais il cacha son émotion et s'assit près du feu.

Eumée lui donna à boire et à manger, et il disait en soupirant:

— Tu regardes, mon hôte, ces beaux troupeaux: mais tu ne sais pas que je dois les nourrir et les engraisser pour la table des prétendants, qui occupent en maîtres le palais de notre roi.

— Mais qui donc est ton roi? Et où est-il? interrogea Ulysse.

— Mon roi est le grand Ulysse, répondit Eumée, et je suis son serviteur fidèle. Tant d'années ont passé depuis qu'il est parti pour la guerre de Troie, et il n'est jamais revenu. Son vieux père Laërte l'attend, assis sur le seuil du palais. Sa vertueuse femme, la reine Pénélope, dont chaque prétendant demande la main, n'a pas oublié Ulysse: elle a dit aux prétendants qu'elle épousera le meilleur d'entre eux, dès qu'elle aura fini la toile qu'elle est en train de tisser. Et sais-tu ce qu'elle fait pour ne jamais finir cette toile? Elle détruit la nuit le travail fait pendant le jour, et la toile en est toujours au même point. Quant à son fils Télémaque, il est parti pour avoir des nouvelles de son père et pour tâcher de le retrouver. Mais moi, je n'espère plus son retour! Ulysse ne reviendra jamais à Ithaque!

Et le fidèle serviteur pleurait à chaudes larmes.

Le vieux mendiant, qui était Ulysse, avait envie d'embrasser Eumée et de se faire connaître. Il résista à la tentation et répondit:

— Ne pleure pas, brave homme! Je t'annonce qu'Ulysse rentrera cette année dans son palais et tuera les prétendants.

Mais Eumée, incrédule, secoua la tête.

Entre temps, le crépuscule était venu.

— Dormons, mon hôte, conseilla Eumée. — Étends-toi sur ces peaux de bête près du feu: je te souhaite un heureux sommeil.

Et le silence se fit.

Le matin suivant, Ulysse se leva de sa couche et prit son bâton pour sortir. Vieux, courbé et en haillons, il rencontra Eumée qui rentrait chez lui.

— Où vas-tu, mon hôte? demanda le fidèle serviteur.

— Je vais au palais royal où la reine Pénélope travaille à sa toile interminable, tandis que les prétendants font bonne chère en attendant qu'elle choisisse l'un d'eux pour époux. Je leur demanderai l'aumône et remplirai ma besace d'aliments et d'or.

— Imprudent! s'écria Eumée. — Tu ne connais pas les prétendants. Ils sont avides et cruels, ils ne te donneront rien, mais te feront chasser à coups de fouet. Ah, si Pénélope était seule, elle t'accueillerait avec bonté! Mais elle est plongée dans les larmes et accuse le sort ennemi. Reste dans ma maison, mon hôte: tu auras de quoi manger et boire, tu te reposeras, et personne ne te fera de mal.

Ulysse rentra avec Eumée, qui mit de la viande et du vin sur la pierre du foyer. Ulysse mangea et but, bénissant en son

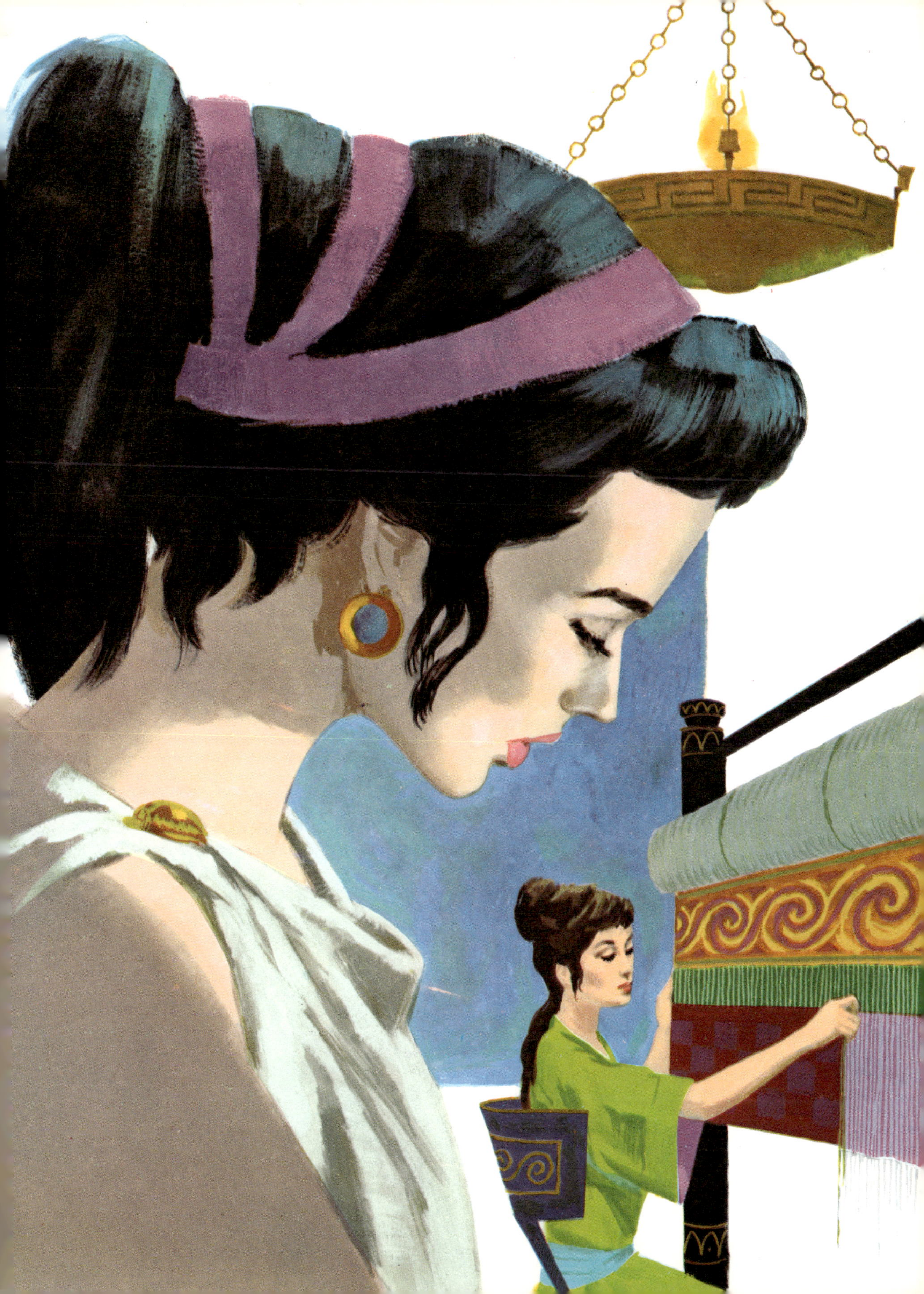

cœur son serviteur fidèle, qui, sans le reconnaître, le traitait si humainement.

Il finissait à peine de manger, lorsqu'on entendit au dehors les aboiements joyeux des quatre chiens de garde.

Ulysse se tourna vers Eumée :

— Quelqu'un arrive, Eumée. Les chiens le reconnaissent et lui font fête. Écoute, il approche, il entre.

On vit entrer un jeune homme richement vêtu, armé de l'épée et de la lance : son visage était beau, son maintien plein de noblesse. Ulysse sentit son cœur bondir dans sa poitrine : il avait reconnu son fils Télémaque.

Eumée se leva en poussant un cri. Il courut embrasser son jeune maître ; il parlait et pleurait tout à la fois.

— Cher Télémaque, illustre fils d'Ulysse, tu es donc rentré de ton voyage ? As-tu des nouvelles de ton père ?

Télémaque embrassa à plusieurs reprises le serviteur fidèle, et répondit :

— Bon Eumée, mon père n'est plus sur les mers, mais j'ignore où il est. Puisse-t-il rentrer bientôt à Ithaque, où mon aïeul Laërte et ma mère Pénélope doivent subir les outrages des prétendants. Quant à moi, mon sort est certain : si mon illustre père ne revient pas, les prétendants me tueront, pour que je ne puisse pas monter sur le trône d'Ulysse.

A ces paroles, Ulysse se leva et s'inclina devant Télémaque, qui, apercevant le mendiant, lui dit :

— Assieds-toi, vieillard. Qui es-tu et d'où viens-tu ?

Ulysse répondit :

— Je suis un mendiant, ô Télémaque, et je parcours le monde en demandant l'aumône. Ton serviteur a été bon pour moi. Je le remercie, et je te remercie également. Je t'annonce en outre que ton père rentrera cette année dans son palais et qu'il tuera tous ces vils prétendants.

— Tes paroles sont sages, vieillard, dit Télémaque. — Mais qui sait où se trouve mon père bien-aimé !

Il dit ensuite à Eumée:

— Va trouver ma mère, bon Eumée: dis-lui que je suis rentré. Les prétendants ne doivent pas me voir et ne doivent pas savoir que je n'ai pu retrouver mon père: s'ils le savaient, ces misérables me tueraient sûrement.

Eumée sortit. Ulysse et Télémaque restèrent seuls près du foyer: Télémaque n'avait pas reconnu le père qu'il désirait tant revoir.

Mais la déesse aux yeux pers se montra de nouveau à Ulysse. Ce dernier la voyait, mais Télémaque ne la voyait pas. La déesse toucha Ulysse de sa baguette magique: le mendiant décrépit se transforma soudain en un homme grand et vigoureux, à l'épaisse chevelure, au front haut, aux yeux étincelants.

Devant ce prodige, Télémaque fut saisi de stupeur. Il s'écria:

— Tu te cachais, mendiant, sous de fausses apparences! Dis-moi ce que tu es réellement: un homme ou un dieu?

Ulysse regarda ce fils qui, après tant d'années d'absence, ne le reconnaissait pas encore, et il répondit doucement:

— Je suis ton père Ulysse.

Télémaque vacilla, comme frappé au cœur par cette révélation soudaine.

— Tu es donc.... tu es donc mon père.... mon père Ulysse? balbutiait-il.

— Oui, mon cher enfant, fit Ulysse, c'est bien moi! Je viens reprendre possession de mon île et de mon palais. Viens dans mes bras, que je t'embrasse et te serre sur mon cœur.

Télémaque se jeta dans les bras grands ouverts d'Ulysse. Tous deux pleurèrent d'émotion et de joie.

Quand leur longue étreinte eut pris fin, Ulysse dit à son fils:

— Ne parle à personne de mon arrivée, même pas à Laërte, même pas à ta mère Pénélope. Il nous faut surprendre les prétendants et les tuer tous.

— Tuer les prétendants? s'écria le prudent Télémaque. — Mais connais-tu bien leur nombre? Ils sont plus de cent et dans la force de l'âge, tous descendants des plus illustres familles de Dulichium, de Samos, de Zacynthe et d'Ithaque. Comment viendrons-nous à bout d'une telle foule?

— Ne crains rien, mon fils, répondit Ulysse, et retiens bien ce que je vais te dire. Tu me précèderas au palais royal; je te suivrai en habits de mendiant, accompagné du fidèle Eumée. Personne ne devra me reconnaître, et toi moins que les autres. Quand nous serons arrivés au palais, tu prendras garde à mes paroles: tu devras m'obéir sans discuter.

— Sois tranquille, père! promit le brave Télémaque; je ferai tout ce que tu voudras.

Ils s'assirent l'un à côté de l'autre, se tenant embrassés, heureux de se retrouver après une si longue et douloureuse absence. Ils mangèrent et burent; puis vint le crépuscule avec ses étoiles tremblantes.

On entendit de nouveau l'aboiement joyeux des quatre chiens de garde: Eumée était de retour.

La déesse aux yeux pers réapparut pour la troisième fois. De nouveau, elle toucha Ulysse de sa baguette magique et, de nouveau, Ulysse reprit l'aspect d'un vieillard courbé, aux cheveux blancs et rares, à la peau ridée. Nul n'aurait reconnu le roi d'Ithaque en ce mendiant misérable.

Eumée entra et parla ainsi au fils d'Ulysse.

— Ta vertueuse mère, la reine Pénélope, se réjouit de ton retour, et te salue.

— Mon bon Eumée, répondit Télémaque, écoute-moi: j'irai demain matin voir ma noble mère. Après mon départ, tu sortiras avec ce vieillard et tu l'accompagneras jusqu'au palais royal, où je l'attendrai.

Eumée ne répliqua rien, mais son vieux cœur fidèle était agité d'inquiétudes et de doutes. Il prépara les couches pour la nuit, et tous trois s'étendirent en silence, afin de reposer en dormant leur esprit et leur corps las.

Avant même le lever de l'aurore, Télémaque, revêtu de ses beaux habits et de ses armes brillantes, se dirigeait vers le palais. Les prétendants, occupés à festoyer dans les grandes salles d'apparat, l'accueillirent avec des paroles menteuses de bienvenue. Télémaque ne daigna même pas leur répondre et monta jusqu'aux appartements de sa mère.

La reine Pénélope, qui travaillait à sa toile interminable, le serra sur son cœur avec de tendres paroles:

— Mon cher fils, te voici donc de retour, mais sans ton père. Où est mon noble époux?

— Mère chérie, prends courage! fit Télémaque. — Je vais te raconter mon voyage.

Pendant que la mère et le fils s'entretenaient ainsi, Ulysse, déguisé en mendiant, et accompagné par Eumée, se hâtait vers le palais.

Le roi d'Ithaque, inconnu et méconnaissable, marchait en s'appuyant sur un gros bâton noueux; il regardait avidement ces lieux qui lui étaient si chers. Ils passèrent près de la célèbre fontaine appelée Aréthuse, que trois anciens rois de l'île avaient construite autrefois. Ulysse avait soif: il but. En se penchant sur l'eau très pure, il se vit comme dans un miroir, et une sorte de rage le saisit: il lui fallait entrer dans son palais vêtu de pauvres habits et sous les apparences d'un mendiant, afin d'échapper aux embûches meurtrières des prétendants. Il fit le serment en lui-même de se venger d'une façon terrible.

Il en avait assez de souffrir. Il sentait le besoin impérieux de reprendre, dans sa maison, sa place de roi et de maître, de vivre auprès de son père, de sa femme, de son fils, de passer dans la paix et dans la joie le reste de ses jours.

S'éloignant de la fontaine, le serviteur fidèle et le faux mendiant reprirent la route du palais. Mais ils rencontrèrent chemin faisant un chevrier nommé Mélanthe, qui apportait aux prétendants, pour leurs festins, les plus belles chèvres de ses troupeaux. Dès que Mélanthe eut aperçu le porcher et le mendiant, il vint au-devant d'eux et les apostropha :

— Où conduis-tu donc, Eumée, ce vilain mendiant ? C'est sans doute un vieux glouton qui se traînera sous les tables pour manger les restes des repas, à la manière des chiens. Hors d'ici, sale mendiant !

Et il lui donna un coup de pied. Ulysse supporta cet outrage et garda le silence. Eumée éleva ses mains vers le ciel :

— Fassent les Dieux justes qu'Ulysse, mon roi et mon maître, revienne ! Il châtiera cette mauvaise engeance, et Ithaque en sera délivrée.

Mélanthe ricana.

— Que dis-tu, porcher ? Ulysse est au fond de la mer en compagnie des poissons. Tu auras beau l'appeler et l'attendre : il ne reviendra jamais.

Ulysse et Eumée s'approchèrent du magnifique palais royal, qui s'élevait non loin de là. Le roi d'Ithaque sentit

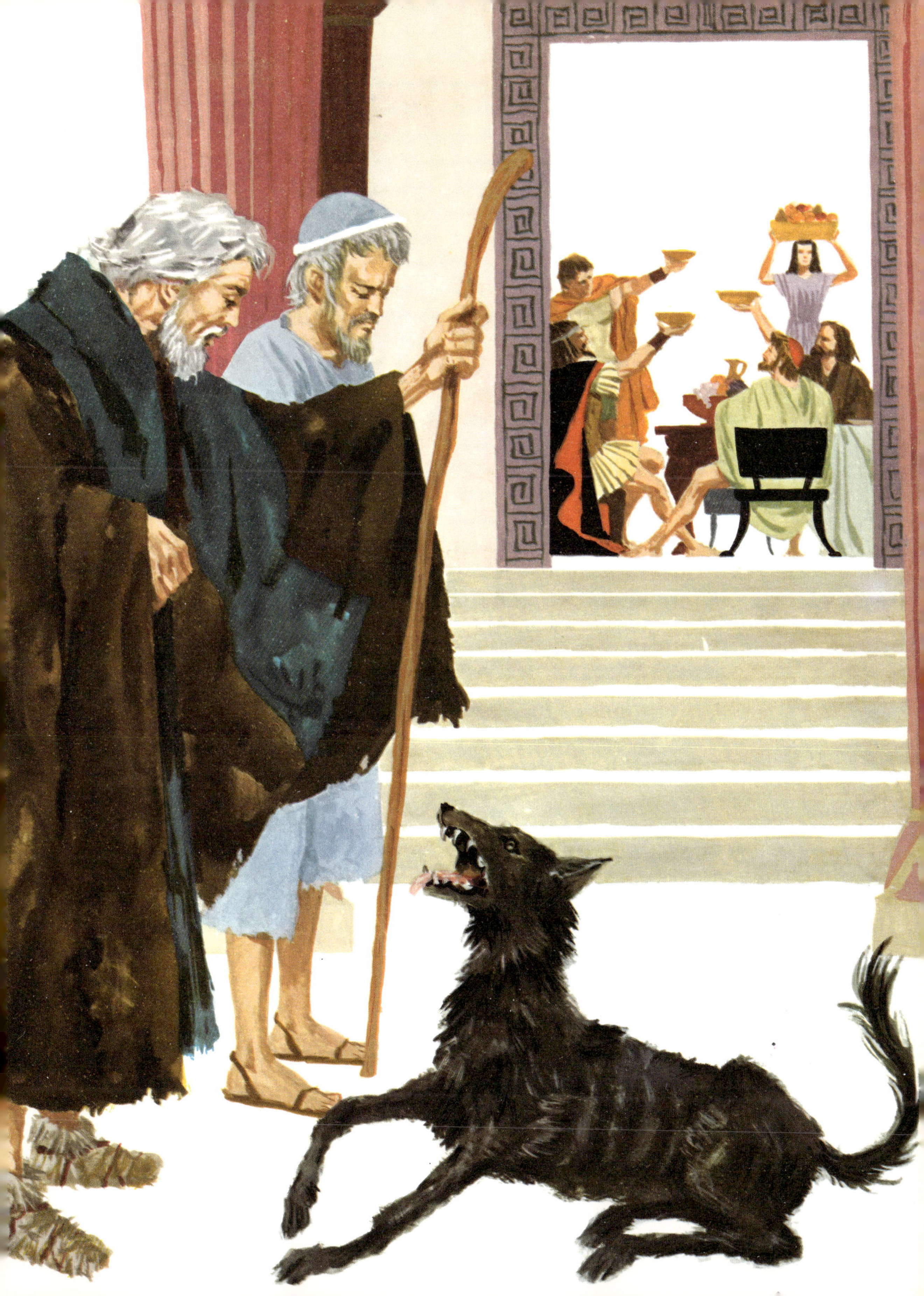

son cœur indomptable frémir dans sa poitrine: mais il garda de nouveau le silence et ne se fit pas connaître. A pas lents, l'âme remplie de douleur et de colère, il s'avança jusqu'au seuil de sa maison, enfin retrouvée après tant d'années de souffrances.

Chère Ithaque! Douce maison!... Un chien, nommé Argos, était étendu devant la porte. C'était un très vieux chien, malade et près de mourir. Il avait été autrefois le compagnon d'Ulysse dans les chasses joyeuses menées dans toute l'île, et lorsqu'Ulysse était parti pour la guerre, il l'avait attendu chaque matin et chaque soir, pendant de longues années. Il mourait maintenant, rêvant de son maître chéri et de sa belle jeunesse aventureuse.

Au pas de l'étranger, Argos leva la tête et regarda le vieux mendiant loqueteux et courbé. Une image surgit dans son cerveau de chien: l'image de son maître. Il flaira, et sentit venir à ses narines une odeur des temps d'autrefois. Alors il reconnut Ulysse! Il dressa les oreilles, remua la queue, voulut se lever pour courir à sa rencontre, mais il ne le put: il était trop vieux. Il poussa un long hurlement de joie, d'une joie immense et profonde qui bouleversa son pauvre corps épuisé. Et il mourut, heureux d'avoir revu et salué son maître, sur le seuil de sa maison, le jour du retour si longtemps désiré.

Ulysse réprima les larmes qui lui montaient aux yeux. Suivi du fidèle Eumée, il franchit le seuil de son palais, cachant son cœur royal sous sa tunique de mendiant.

# VIII

Comment le roi d'Ithaque, Ulysse, tira vengeance des prétendants qui avaient envahi sa maison, et put mener enfin une vie paisible à côté de son père Laërte, de sa femme Pénélope et de son fils Télémaque.

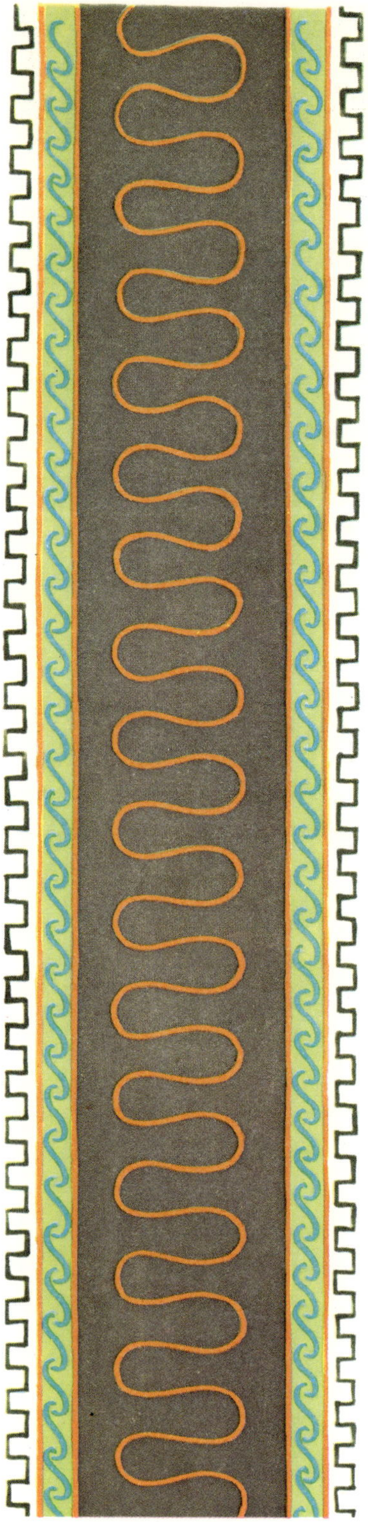

# épilogue

Dans la salle du palais, les prétendants font ripaille et reçoivent bien mal le mendiant qui se présente; ils le traitent de paresseux, de fléau créé par les Dieux pour troubler les festins, de gâcheur de plaisir, et l'un d'eux lui jette même à la tête un pied de bœuf.... Ulysse se tait et souffre en silence.

Télémaque fait honte aux prétendants de leur dureté de cœur et exige que cet étranger soit bien reçu sous son toit. Il fait étendre des fourrures sur un escabeau pour que le vagabond soit assis dans la salle et reçoive sa part du festin. Lorsque la nuit tombe, Ulysse est reçu dans les appartements de Pénélope et l'encourage; il se prétend le fils malheureux d'un roi de Crète, île dans laquelle il aurait rencontré Ulysse avant ses propres malheurs, et lui affirme que le roi d'Ithaque est sur le chemin du retour. Pénélope le presse de questions et le faux étranger donne de tels détails que, sans le reconnaître encore, la reine tout émue le reçoit en hôte de choix et donne à la nourrice Euryclée l'ordre de lui baigner les pieds.

Et voici qu'Euryclée aperçoit sous les haillons du vagabond une cicatrice qu'elle croit reconnaître : Ulysse, adolescent, avait eu la cuisse déchirée, à la chasse, par une défense de sanglier, et les traces de cette blessure étaient tout à fait semblables à celles qu'elle aperçoit.... Elle tressaille, elle va crier, mais le roi d'Ithaque lui pose la main sur la gorge pour arrêter son exclamation, il ne veut pas que Pénélope, qui est tout près, l'entende.

Celle-ci, réconfortée par sa conversation avec l'étranger, lui confie qu'elle a l'intention d'imposer le lendemain une épreuve aux prétendants, un jeu d'adresse auquel excellait son cher Ulysse jadis. Il plantait douze haches à terre, alignées obliquement comme les étais d'une carène de bateau, puis, de son arc redoutable, il décochait une flèche qui passait tout droit dans l'étroite enfilade ménagée entre les fers des haches. La reine fidèle espère qu'aucun concurrent n'aura la force de se servir de l'arc d'Ulysse, ni l'adresse de réussir....

Avant d'aller dormir, Ulysse convient avec Télémaque qu'il demandera aux concurrents de l'admettre aussi à concourir, puis qu'Eumée, profitant de l'attention fixée sur ce champion inattendu, courra fermer toutes les portes et liera les verrous de grosses cordes. Il se tiendra prêt ensuite, avec les autres serviteurs fidèles, à venir au secours d'Ulysse et de Télémaque, au milieu de la mêlée qui suivra, avec les lances, les javelots, les glaives et les boucliers qui sont gardés dans la chambre secrète.

Et le lendemain l'épreuve commence. Pénélope dans ses plus beaux vêtements, admirablement coiffée, fardée, parée de bijoux, fait apporter le magnifique arc de son époux :

— Voici, ô prétendants, voici pour vous l'épreuve.... Avec l'arc de mon divin Ulysse, lancez chacun une flèche qui passe à travers l'ouverture laissée entre ces haches.... Je suivrai le vainqueur.

L'un après l'autre les prétendants s'évertuent, tournent et retournent l'arc, le font chauffer devant le feu pour essayer de le

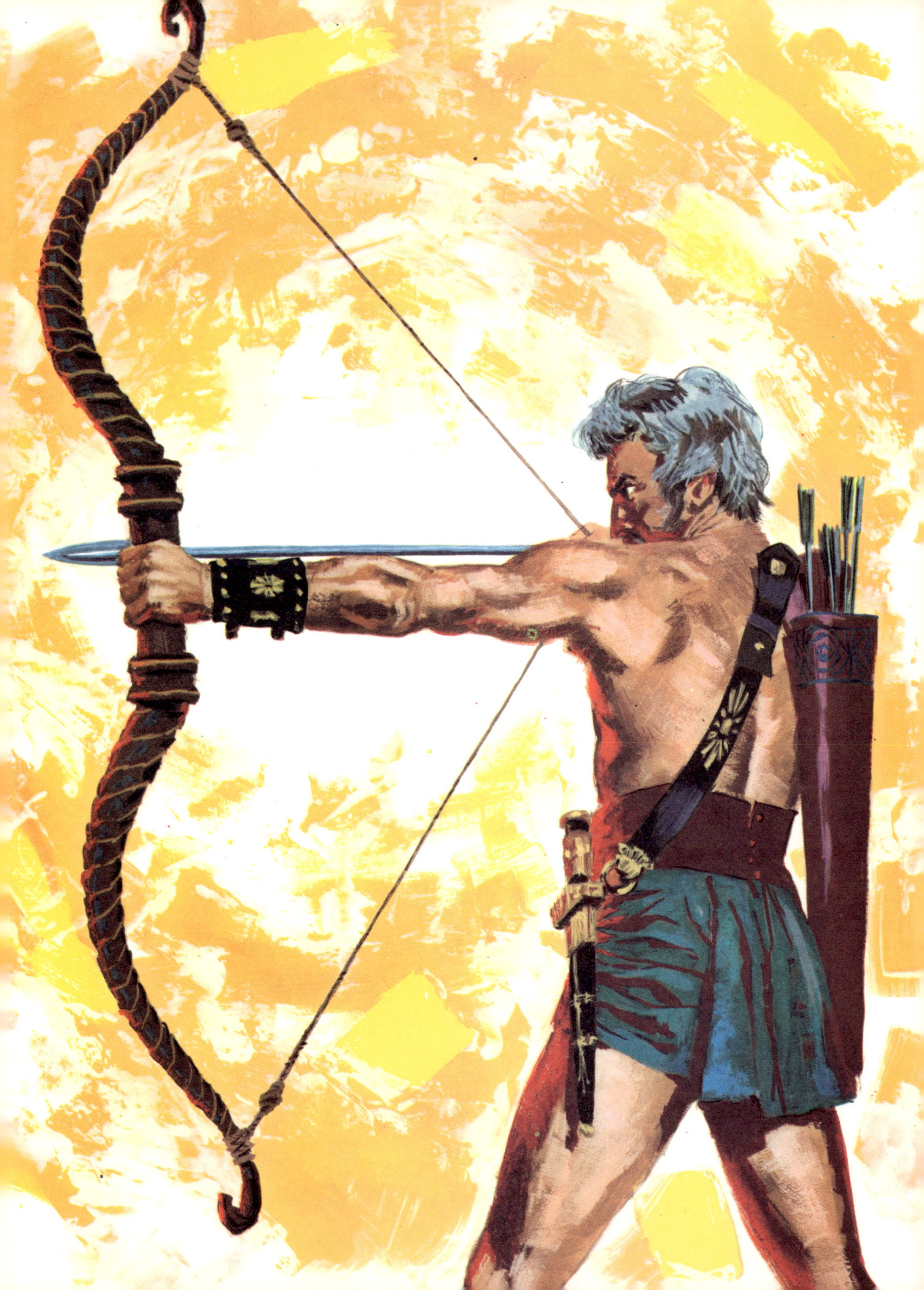

courber, aucun d'entre eux ne parvient seulement à le bander, il s'en faut de beaucoup. Ils proposent alors de reporter l'épreuve au lendemain après un sacrifice offert aux dieux. Le mendiant demande soudain qu'on lui apporte l'arc pour tenter son adresse. Après s'être beaucoup moqué de lui comme la veille – et le bel Antinoos est le plus acharné – les princes le lui permettent, pour en rire encore, car Pénélope assure que ce malheureux, même s'il était vainqueur, n'aurait pas une maison où l'emmener.

Ulysse, sans effort, bande l'arc et tend la corde qui vibre et chante haut et clair comme un cri joyeux d'hirondelle. Ce son aigu frappe d'effroi le cœur des prétendants; ils voient l'inconnu poser l'encoche d'une flèche sur la corde et, sans même quitter son siège, tirer d'une main si sûre que la pointe acérée traverse de part en part toute la file des haches dressées.

D'un mouvement brusque, il se dresse alors, rejette ses haillons, renverse son carquois, toutes les flèches sont sous sa main, il tire, il tire, il tire, il tire…. Le bel Antinoos tombe le premier, la gorge transpercée, tenant encore sa coupe à la main. L'un des prétendants essaye de brandir une table, un autre un escabeau, mais les flèches meurtrières volent de tous côtés, car Télémaque est maintenant près de son père, ainsi qu'Eumée et les bergers fidèles. Les princes ambitieux et pilleurs ont saisi leurs glaives et leurs lances, mais la déesse Athéna détourne leurs coups et ils s'écroulent l'un après l'autre, frappés par l'arc terrible et les armes des serviteurs. Les cadavres s'amoncellent sur le sol dont le dallage ruisselle de sang.

Apprenant la véritable identité du mendiant auteur de ce carnage, les lâches et les infidèles qui avaient satisfait à tous les désirs des prétendants s'enfuient sur les collines, mais ils seront châtiés à leur tour. Ithaque est délivrée et acclame son roi, Ulysse aux mille tours, qui va pouvoir enfin vivre des jours heureux entre son vieux père Laërte, sa femme Pénélope et son valeureux fils Télémaque. De toutes les poitrines jaillissent de longs cris :

— Vive le roi d'Ithaque ! Vive Ulysse ! Vive le noble seigneur rentré de son long voyage !...

Cette extraordinaire histoire était contée depuis des centaines d'années, déjà, de génération en génération, avant le huitième siècle précédant notre ère. Un des poètes ambulants, qu'on appelait aèdes, et qui parcouraient la Grèce en contant et en chantant, accompagnés sur le luth, recueillit tous ces épisodes et en fit un magnifique poème qu'il chanta dans les campagnes et les cités. Ce génial poète s'appelait Homère.

L'ensemble de ses chants sur la guerre de Troie forme une épopée, l'*Iliade*, et ceux qu'il a consacrés aux voyages d'Ulysse, une autre, l'*Odyssée*. Ces chants sont si beaux que, depuis vingt-huit siècles, ils sont encore traduits et lus dans toutes les langues et que l'on en connaît tous les personnages. Pendant peut-être des millénaires encore, on parlera de la séduction de Circé et du chant des Sirènes, et l'on vantera la sagesse de Télémaque, les ruses d'Ulysse et la fidélité de Pénélope !...

# TABLE

Chapitre I. *Les Grecs assiègent depuis dix ans la ville de Troie pour venger l'un de leurs rois, Ménélas, dont l'épouse, la belle Hélène, a été enlevée par Pâris, fils du roi troyen Priam.*
*Comment Ulysse, roi de l'île grecque d'Ithaque, parvint par ruse à se rendre maître de la ville.*

    Dix années de guerre . . . . . . . Page   9
    Le cheval de bois . . . . . . . .   13
    L'incendie de Troie . . . . . . . .   21

Chapitre II. *Comment le roi d'Ithaque, Ulysse, sur la voie du retour, battu par la tempête, aborda avec ses compagnons dans l'île des redoutables Cyclopes.*

    Combat avec les Ciconiens . . . . . .   29
    Les mangeurs de lotus . . . . . . .   33
    L'île aux chèvres . . . . . . . .   39

Chapitre III. *Comment le roi d'Ithaque, Ulysse, grâce à un autre stratagème insigne, échappa, ainsi que la plupart de ses compagnons, à la férocité de l'ogre Polyphème.*

    Les terribles Cyclopes . . . . . . .   45
    L'ogre Polyphème . . . . . . . .   49
    Le châtiment de Polyphème . . . . . .   53

Chapitre IV. *Comment Ulysse, après d'autres traverses, débarqua dans l'île de la magicienne Circé qui changeait les hommes en porcs.*

    L'outre des vents . . . . . . . .   63
    Les mangeurs d'hommes . . . . . . .   73
    Circé la magicienne . . . . . . . .   77

CHAPITRE V. *Comment Ulysse parvint, grâce à un merveilleux artifice, à vaincre l'enchantement des Sirènes, à échapper à Charybde et à Scylla, et comment après avoir perdu tous ses compagnons, il resta seul et désespéré au milieu de la tempête.*

    Le chant des Sirènes . . . . . . . 87
    Charybde et Scylla . . . . . . . . 91
    Les bœufs du soleil . . . . . . . . 95

CHAPITRE VI. *Comment Ulysse, après des souffrances infinies, fut accueilli par la nymphe Calypso, et aborda enfin à l'île des Phéaciens, où la belle Nausicaa le secourut.*

    La nymphe Calypso . . . . . . . 103
    La dernière étape . . . . . . . . 109
    La belle Nausicaa . . . . . . . . 113

CHAPITRE VII. *Comment le roi d'Ithaque, Ulysse, après tant d'années de voyage et tant de périls traversés, revint dans sa patrie et fut reconnu par son vieux chien Argos.*

    Le palais d'Alcinoos . . . . . . . 121
    Ulysse arrive à Ithaque . . . . . . . 125
    Le vieux chien Argos . . . . . . . 129

CHAPITRE VIII. *Comment le roi d'Ithaque, Ulysse, tira vengeance des prétendants qui avaient envahi sa maison, et put mener enfin une vie paisible à côté de son père Laërte, de sa femme Pénélope et de son fils Télémaque.*

    Épilogue . . . . . . . . . . 143

Tous les peuples ont leurs héros légendaires... Ils nous viennent du fond de la nuit des temps, chargés de gloire et de poésie... et, parfois, d'inimaginable astuce !

# Légendes des Peuples et des Héros

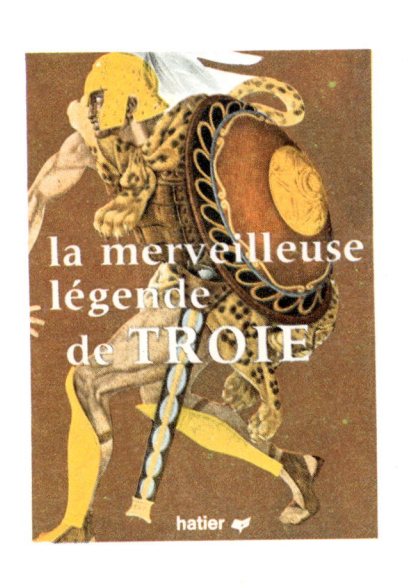

*vous serez émerveillé par*
LE VOYAGE D'ULYSSE
*charmé par la petite Aïno et le chanteur Waïno, héros des*
LÉGENDES FINLANDAISES
*fasciné par les péripéties de*
LA LÉGENDE D'ÉNÉE
*et les prestigieux héros de*
LA MERVEILLEUSE LÉGENDE DE TROIE
*ému par ceux des*
LÉGENDES CAROLINGIENNES
*et stimulé par la généreuse ardeur des*
CHEVALIERS DE LA TABLE RONDE

*Achevé d'imprimer le 3ème trimestre 1974*
*Dépôt légal 2ᵉ trimestre 1974 – n.° 2763*
*Imprimé en Italie*

# LÉGENDES DES PEUPLES ET DES HÉROS